执笔

白云强 著

远方出版社

图书在版编目（CIP）数据

执笔 / 白云强著. -- 呼和浩特：远方出版社，2024.5

ISBN 978-7-5555-2016-0

Ⅰ．①执… Ⅱ．①白… Ⅲ．①短篇小说－小说集－中国－当代②散文集－中国－当代 Ⅳ．①I217.2

中国国家版本馆CIP数据核字(2024)第092852号

执笔
ZHIBI

著　　者	白云强
责任编辑	于丽慧
出版发行	远方出版社
社　　址	呼和浩特市乌兰察布东路666号　邮编010010
电　　话	（0471）2236473总编室　2236460发行部
经　　销	新华书店
印　　刷	三河市双升印务有限公司
开　　本	787毫米×1092毫米　1/16
字　　数	192千
印　　张	13
版　　次	2024年5月第1版
印　　次	2024年5月第1次印刷
标准书号	ISBN 978-7-5555-2016-0
定　　价	68.00元

如发现印装质量问题，请与出版社联系调换

序

我出生在烟雨江南的千年小城，小城依山傍水，虽不是小桥流水人家，也有着春听风、夏望雨、秋赏月、冬观雪的极好景致。自孩提时起，渐有一份书香情结藏于心中，想着有朝一日行游天下，临东海，观日出，抵北境，踏雪原，至南方，听涛声，走西地，望星空，最后写一部人生之书，不枉来世间一回。

然而，人生不是我想怎样就怎样，上天给了我来到这个世界上的幸运，也让我明白了自己的平凡。浪迹江湖的年少轻狂，最终还是飘零成了满天的柳絮，落满了发际，扰乱了心绪。岁月流逝，一番蹉跎之后已近半百，人生既无大起也无大落，平淡得就像一张白纸，虽有几段文字，聊以自慰罢了。

年轻的时候，最大的梦想是浪迹天涯，走在路上看世界，再邂逅一个美丽的姑娘，陪她一起在朝霞星空里浪漫。

现在还不老，想行摄天下，握一只镜头、执一段素笔，定格光影的瞬间，写点人生的感悟。

等走不动了，就寻一方庭院，听风望雨、赏月观雪，再煮上一壶茶，倒上一杯酒，看看书、写写字，勉强做个文艺老翁，用阅读和文字迎接暮年。如有机会，再写一部长篇，做一回书中的主角，然后从容面对人生的终结。

浮云朝露，谁主沉浮；沧海桑田，岁月静好。

此时的我，正在行摄和感悟中前行，仰看夕阳余晖、静待夜空星辰，执笔写人生。

目 录

上篇 东西

高山流水···2
毕文席雅···14
水晶鞋···18
故剑情深···34
藏地莲花···45
巧克力···57
药···64
烧饼铺···68
龙　票···74
问···77
匾···81
故乡我在···85
秦·巴清···90
楼　兰···95
天阙榜···100
棋　局···106
东　西···110

中篇　自己

菊花脑	118
豆腐斩肉	120
烂腌菜和卤水	123
舌尖金陵	125
扔不掉的家	128
自　己	134
影　像	140
床	147
瓷上情	151
又见红楼	155

下篇　行观

路上有四季	160
找　寻	177
行　观	190
乡土九月	192
两三本书	195
听　雨	198

后　记

人生境界	200

上篇　东西

高山流水

蓝颜知音，红颜知己。一世知音，高山侠骨；一生知己，流水柔情。

司徒有然没有想到，自己跨进大学校门认识的第一个同学叫司空行之。他这个复姓本来就少，结果在离家千里之外的陌生城市里还能遇到另外一个复姓，难道是老天早就安排好的？

司徒有然小的时候查过自己的姓氏，知道司徒源于姬姓，系舜帝后代，属以官职为姓。隋唐两朝，氏族兴于燕地，后望族南迁，有一支留居江南金陵近郊，诗书传家，立家谱排行，司徒有然取"有"字辈。

司徒有然的家在南京城东的东山脚下。传东晋名相谢安曾潜居此地，并指挥了史上著名的淝水之战。

司徒有然从小便喜读古文诗书，尤爱楚辞，对《史记》更是捧阅数载，颇有心得，高考时如愿考进了心仪的大学中文系。

司空行之来自山清水秀的浙江，出生在水墨烟色的富春江边。"天下佳山水、古今推富春"，旖旎的富春江如诗更如画。

司空行之的家就在这点点青山、泱泱江水边。相传，司空源于妫姓，是夏禹后代，以官职为氏。族姓始祖乃晚唐官吏，避世中条山，其后人分支外迁，一支抵浙中富春江岸，渔樵耕读，千百年风雨，渐有世族名望。

司空行之自小性格平和，喜欢安静，完全没有其他男孩子的调皮和贪玩，只是时不时地一个人在江边溜达。再后来，他就在江边找个景色好的地方，支起写生架子，今天是水粉，明天是油画，一坐就是大半天。周末和寒暑假更是一大早就跑出去，清晨画雨雾山水，傍晚绘晚霞余晖，孤寂的背影仿佛古时的蓑翁，独钓一抹寒江雪。

时间过得很快，眨眼间司空行之已经是个大小伙子，俊朗帅气。他有个梦想，想追随元代黄公望，有朝一日能临《富春山居图》，绘就一卷"富春江览胜"。上天眷顾，也是功不唐捐、玉汝于成，司空行之在高三时以一幅国画《高山流水》成就初名，被誉为"浙中子久"。

知音不可遇，才子向天涯。一个是陆海潘江，另一个是画墨高才，在远离家乡的校园初遇，因姓氏结缘，相见恨晚。不多日，他俩就成了无话不谈的铁哥们儿。

两个人都是青春少年，神采飞扬，你吟成诗，我绘入画，在校园里也是校草级别的，引得一众女生倾慕。有意者流目顾盼、暗送秋波，恨不得相拥于象牙塔下，卿卿我我朝暮时。就连那几个清高的校花，也对他俩另眼相看，期许来一场花前月下的湖边邂逅，自此儿女情长、缠绵深深。

一年后。

"有然，今晚有时间吗？有事儿和你说。"

"什么事儿啊？搞得神秘兮兮的！"

"先别管什么事，老地方见！"

"好吧！"

司徒有然接到司空行之的电话时，正在图书馆里查阅资料。这段时间，他在研究《楚辞·九歌》，想着赋词古今，仿《大司命》作一首"笔落惊风雨，诗成泣鬼神"的诗，赠予心中的那个卿。

"有然，你认识温和吗？"司空行之低沉地问道，把脸转向面前的一汪湖水，眼神忧伤，一副心事重重的样子。

"温和？是女孩吗？"司徒有然的脑子里闪出一个女孩的身影，虽然模糊，但那灯火阑珊处的回眸一笑，灿烂宛若夜空中的星辰，令人怦然心动。

"不会吧？你居然不知道！"司空行之一脸惊讶地瞅着自己的好兄弟，刚才的伤感消失了。

"这很正常啊！哪像你，百花丛中过的多情公子！"司徒有然打趣道。

"算了吧，我可不是你，那么多校花、系花投怀送抱！"司空行之反击着，已是释然的表情。

"好了，好了，继续，继续！"司徒有然没再接着调侃，随意地说道。

温和，一个来自山里的女孩。那天司空行之第一次在新生接待处看到她时，脑海中突然闪现出一幅画——在山水氤氲的富春江边，一轮朝阳自山峦间升起，缕缕霞光映在江面上，凌波涟漪间如花雨缤纷。一个身着蓝色花布衫的姑娘蹲在江岸的石板边捶打着衣裳，偶尔抬头望着江中两三只小渔船，眼睛里带着愁思，似乎在想着什么。

眼前的女生，五官清秀，略带羞涩，和身边那些打扮靓丽的青春少女相比，一件白色的短袖衬衫有点儿旧却干净平整，下身的牛仔裤略显单薄，但仍能看出姣好的身材。想来，只要在这时尚的都市待上一段时间，她肯定会惊艳绽放。

司空行之一时呆住了，心咚咚直跳，已不知身在何方，似乎四周突然安静下来，只剩下他们两个人，初遇在盛夏的紫薇树下。耳边也没有了吵闹和嬉笑声，仿佛处于世外，无他人、他事纷扰他和她的私语。

"你好，学妹，请这边来！"

司空行之听到身边有同学热情地打招呼，猛然反应过来，急急地跨了两步，径直站到了她面前，面带微笑又紧张地望着对方，伸手想接过她的行李。

温和朝说话的男生礼貌地点了点头，轻声地说了句"学长你好，谢谢"，便将行李推到了司空行之的跟前，脸上泛起一圈淡淡的红晕。

温和的家在浙西的山里，富春江沿低谷丘陵蜿蜒东去，淌过吴越大地，最后流入东海，自此海阔天空。

温和是家里的老大，下面还有两个弟弟。温和的父亲是村里的木匠。现在人们的生活好了，打家具的也少了，所以她的父亲赚不了什么钱。偶尔有山外的人找他打个仿古的床榻、八仙桌，挣个千儿八百的，稍稍缓解点家里的紧张。

也有亲戚让他出去找个活儿，用自己的手艺吃饭养家，结果他出去没两个月就跑了回来，说外面的人太坏，骗他干活儿不给钱，还是山里好，种种田、做做活儿，没事儿喝点小酒，过得舒适。

但是这样的日子也没有过上多长时间，温和的母亲突然得了重病。短短半年，看病就花光了家里不多的积蓄，父亲借遍了亲朋好友，还是没能留住这个勤劳善良的山里女人。在一个无月的初夏夜晚，她的母亲无限眷恋地离开了人世。

那一年温和十四岁，还是个孩子。虽说之前家里的条件不好，没有漂亮的新衣服，没有可爱的洋娃娃，但一家人的日子过得安稳。母亲撒手人寰后，一切就变了。父亲开始喝酒，刚开始只是晚上喝，后来有了瘾，白天也喝，最后连早上起床都要灌上两口，要不然什么事情都做不了，整天只剩唉声叹气。

看着父亲要么一天到晚地喝酒、躺在床上睡觉，要么就跑到后山上，在母亲的坟前一坐就是大半天，温和是又担心又害怕，不知道怎么办才好。家里还有两个弟弟，好在有邻里亲戚帮衬，总算是没饿着。

那段时间，温和每天早早地爬起来，喂猪喂鸡，拾掇家务，给一家人做饭。但眼看田里的庄稼要收了，父亲还是整天醉醺醺地干不了活儿，她的心里产生了一种深深的不安甚至是恐惧。

她是个品学兼优的好学生，还是班长。她性格温和，待人热情，虽说是山里的孩子，但和山外的同龄人相比，除了吃穿差些，更懂事。

这一天，温和正在厨房里做晚饭，见父亲摇摇晃晃地走进来，嘴里含含糊糊地说道："囡囡，阿，阿爸和你说件事儿……"

"阿爸，你说吧……"

刚刚走了二十里地从学校赶回来，她着实累了，但家里有整天喝酒的父亲、两个不到十岁的弟弟，他们要吃饭；还有院子里的猪和鸡也在等着她喂食。她每天凌晨四五点起床，收拾好家务，带着弟弟们去上学，晚上回到家又是一顿忙活，有时候还要照顾喝多了的父亲。时间长了，村里人看到瘦弱的她，是又心疼又叹息。

"囡囡，爸爸在想，家里现在这情况……"

"阿爸，你不要说了，我知道该怎么做。"温和望着已有醉意的父亲，眼角湿润了。

她知道，这一天终究还是来了。前面的路已经很清楚——辍学养家。早在母亲去世、父亲整日酗酒开始，她就想到会有这样的一天。可她不甘心，她想上学，想走出大山，想改变自己的命运，想改变这个家的命运。但现实是，不管她如何起早贪黑地忙里忙外，在学校里刻苦学习，不浪费一丁点儿时间，她还是走到了人生的第一个十字路口。

她知道，她将永远地被困在这僻远的山里，过着日出而作、日落而息的生活，粗茶淡饭，嫁人生子，不几年就会和母亲一样，服侍老人、照顾丈夫、养育儿女，平平淡淡地过完自己的一生。

或许是上天看到了温和的泪水，听到了她的哭泣；或许是上天不忍看到她的挣扎，不忍听到她的无助，就在温和向班主任提出退学后，班主任没有说话，从办公桌上拿起一张表格递给了她。

温和的命运被改变了。在她人生的第一个十字路口，有一条通向山外、能够看到世界的希望之路。那里不仅有城市霓虹，也有大海波涛，更有充满无限可能的未来。

她怎么也没有想到，那张彻底改变自己命运的助学表格，来自一家民间机构，创办人竟然是司空行之的父亲，一位成功的企业家。得家乡千里山水的滋养，汲家族百年文脉的润泽，司空行之的父亲对富春江有一种深深的眷恋和热爱之情，为此专门成立了一家基金会，致力于保护富春江的自然生态和文化传承，其中还有一个帮助山区儿童接受教育的助学项目。

温和是从司空行之的嘴里知道这件事的。当时，她除了惊喜和感动之外，也陷入了深深的犹豫和挣扎之中，而这一切都源于她和司空行之，还有司徒有然之间的关系。

"行之，我明白你的心意，只是我，我……"

"噢，温和，你是不是喜欢，喜欢司徒有然？"司空行之望着身边的温和，心事重重地问道。

"我，我想，你会找到值得你喜欢的女孩子。我相信你，也祝福你！"温和站在校园东角的湖边，凝视着皓洁月色下的湖水，脑海里浮现出过去一年时间里发生的往事。

"温和，我来介绍一下，这是司徒有然，我的把兄弟。有然，这是温和。"司空行之兴奋地介绍道，目光一直没有离开过温和，脸上挂着笑容，声音充满了柔情。

这是一个阳光明媚的午后，在校园的文湖边，司空行之、温和、司徒有然三个年轻人第一次见面了。湖畔，垂柳摇曳；湖面，波光涟漪；湖中的草滩上翠绿葱郁，其间点缀着几朵红黄色的花；几只白鹭正在悠闲地戏耍，一会儿掠水而起，一会儿俯冲而落，不时划出几道水波，阳光下如水晶灯带。

司徒有然朝温和礼貌地点了点头，说道："你好，很高兴认识你！这段时间行之天天说起你，今天终于见到你了！"司徒有然朝司空行之眨了眨眼，神情调皮，目光里充满了赞许之情。

眼前的温和，一身浅白渐蓝的连衣长裙，衬托着她修长的身材；黑亮的长发披在肩头，如瀑布般柔顺丝滑；俏丽的五官，不施粉黛却素颜润泽，清亮的眼神带着一抹羞涩，如邻家女孩。

"你好！"温和轻柔地回应道，随即低下头，两只手叠在裙腰处，手指相互搓捏着，看上去略微紧张。

司空行之高兴地说道："有然，为了庆祝我们三个人在这里相遇相识，成为好朋友，我准备了一件礼物送给温和。"

"不，不，不用……"温和连连说道，脸颊红红的，望了司徒有然一眼，似乎想解释什么。

"我还没说是什么礼物呢，看把你紧张的！"司空行之大大咧咧地笑着，朝司徒有然挤了挤眉，好像在说这个礼物也和你有关系。

"你就不要卖关子了,看把温和紧张的!"司徒有然了解自己的兄弟,以前的司空行之温文尔雅,安静起来像个女生,现在却画风大变,改丹青工笔为挥毫泼墨了。看来爱情真的可以改变一个人,自打遇到温和后,这个来自浙地云水的斯文男孩成了活泼的话痨,每天都在他的耳边唠叨上大半天,三句话里有两句都是关于温和的。

"我要送你一个名字,不知道你会不会喜欢。"司空行之望着温和,压低了声音,很是期待地说道。

"啊!名字?"温和显然没有想到他会送给自己这样的礼物,意外又好奇。

"你啊,真会想!你要是不怕人家生气,我倒是想听听你琢磨出什么好听的名字来了,不会是……"司徒有然似乎猜到了兄弟的想法,心头一动,望了一眼正等着答案的温和。

此时,一缕阳光透过湖边的枝头投在她的脸侧,勾勒出一道明晰的五官轮廓,曲柔静美,仿若光影佳人,再配上不远处的一池碧水,让他不由得想到了《诗经》中的那句"所谓伊人,在水一方"。

"果然是我的好兄弟,心有灵犀啊!"司空行之捶了捶司徒有然的肩膀,开心地恭维道,又抬手朝温和的肩头伸去。他刚伸直手臂,突然又停在了半空中,脸上露出一丝尴尬。再看温和,本能地向后退了半步,不自然地瞅了一眼司空行之,目光越过他的身体,望向荡着阵阵涟漪的水面。

司徒有然看着他俩的表情,似乎意识到了什么,心底突然升起一抹说不清的情愫,仿佛那曲《高山流水》,潺潺溪涓,淌过山峦石涧,荡起一阵浪花。

他努力克制住内心的波澜,装作惊讶地反问道:"你不会想到了司马温和这个名字吧?"

"是的,就是这个名字!"司空行之也从刚才的尴尬中缓过神来,颇显自信地问道,"温和,你喜欢吗?"

"啊！"温和惊讶得一时不知道该怎么回答了。

"我们这不是成三公六卿了吗？"司徒有然打趣道，心里倒也挺赞同，只是不知道温和怎么想，便没有继续将玩笑进行下去。

"随你们吧，不过私下叫叫就行了。"温和无奈地点了点头。

温和认识司空行之有些日子了，这是一个帅气的男生，热情、善良。刚入学的那几天，都是他跑前跑后地给她张罗，即使有时候觉得对方太主动，心里有顾虑想拒绝，但还没说出口就被他打断了，时间长了，只好由着他去了。

温和知道司空行之的心思。青春洋溢的年纪，即便是来自大山里的少女，也能想到他的关心意味着什么，但她并不想接受这份感情，不是因为司空行之不够优秀，而是自己想过一种安安静静的日子，不论是在校园里，还是在今后的生活中。

她知道司空行之才华横溢，特别是那一手水墨丹青，引来无数赞誉，是学校书画社群的人气群主，拥有一帮漂亮的女粉丝。她们借口学画，芳心绽放，有的甚至直接画上一对五彩鸳鸯表明心意。但温和对他并没有感觉，或者说心动，即使知道了他的家庭背景，心里也没有掀起多少波澜。在旁人看来，这个富二代就是放在眼前的钻石才子，唯有红粉佳人才配与他比翼双飞、举案齐眉。事实上，温和也察觉到自己成了很多女生眼中的假想情敌，甚至还听到有要和她决斗的，让她着实哭笑不得。

司空行之对温和是一片挚情。他虽然出生在富裕的家庭，从小没吃过苦，但他看不惯身边那些同龄的富家子弟、千金小姐，他们趾高气扬、骄横跋扈，拿着父母的钱，整天不是比吃就是比玩。

也有千金小姐疯狂地追求他，有一两个特别漂亮，打扮时尚靓丽，但就是入不了他的眼。要不是为了父亲做生意需要联络感情，他宁愿独自一人待在春晨秋晚的富春江边，绘一抹初春的日出朝霞，涂一缕深秋的夕阳晚照。

在绚丽的光影变幻中，总有一个邻家女孩的身影——美丽动人、清纯静雅——撩动他的心弦，就像古时的民家女子，没有华丽的装扮，没有妩媚的粉黛，却让人钟情于她。

温和就是司空行之的梦中女孩。除了初遇时的那份心动，更让他念念不忘的就是瞬间的熟悉感，仿若前世有缘今生见，就在那江水岸边。而她的出现让司空行之犹如获得了新生，原先斯文甚至内向的性格仿佛透迤平缓的江水突然遇到了急转下落，瞬间变得汹涌激荡，飞溅起朵朵浪花。

他一改之前在富家大小姐面前的高冷，也完全没了在校园里的孤傲，就像是一个即将踏上战场的士兵，充满了激情和斗志，甚至到了疯狂的程度。他的目标不是冲锋杀敌，而是为爱痴迷——为来自浙西山里的女孩温和。

当司空行之将温和的事情告诉父母，从他们那里得知温和也是基金受益人的时候，他高兴坏了，立马就把这件事说给了温和听。在他的心里，这个从他的画里走出来、出现在自己面前的女孩，就是上天赐给他最好的礼物。

现在他就坐在她的身边，满心期待着一场浪漫的约定，但看到的只是温和瞬间的惊喜，又很快低下头，陷入了沉思。

"你怎么啦？不高兴吗？"司空行之还沉浸在对幸福的憧憬中，没有想更多。

"没，没有……"温和不知道该如何回答，只能含糊地应道，脑子里却跳出了司徒有然的身影。

温和喜欢上了司徒有然，连她自己都感到意外，但内心的感受是真实的，不会欺骗她。她矛盾极了，一边是对自己一往情深的司空行之，另一边是他的好兄弟司徒有然，如何选择，她犹豫了。

夜深了，一轮皎洁的明月悬在半空中，银色的月光洒在湖面上，映着散开的涟漪，透着一方静谧；湖边的垂柳已经落去了细叶，只剩下根根柳条随着初秋的夜风轻摆；一只小鸟低低地掠过水面，向湖边的林中飞去。

温和静静地坐在湖边的石椅上，月光照在她的身上，映出曼妙的曲线，让人不由得想上前一睹她的风韵。她的手中捧着一张纸，时不时地低头看上两眼，又抬头望着湖面。湖的中间有一座小小的石塔，月色下打出一道斜斜的长影。这是很多年前老校长仿西湖的"三潭印月"制景而成，题名"辞塔"，并撰楚辞《湘君》记之，刻于湖岸。

温和的手中也是一首辞赋，是司徒有然写的，仿《湘君》所作。她不会忘记，那是初夏的一个早晨，她到文湖边晨读，遇到了司徒有然。当时他站在湖边的柳树下，一缕朝霞投在他的身上，高高的个子，帅气的五官，让温和多了一份惊喜，感觉很温暖、很舒服。

她掩住内心的隐约情愫，轻步走到司徒有然的身边，低声地招呼道："司徒有然，你在做什么呢？"话里带着少女怀春的柔情。

司徒有然正专注于自己的思绪，突然耳边传来晨鸟鸣啼般的轻音悦语，心头怦然而动，一股暖流瞬间涌遍全身，如春风拂面，嘴上却吞吞吐吐道："啊，啊！噢！没什么，没做什么……"

"你手里拿的是什么啊？"温和的话刚出口，就感觉自己的脸上火辣辣的，心里一下子紧张起来，连忙转头望着朝霞洗水的湖面，脑子里一片空白，不知身处何方。

连她自己都没有想到，两个人才第二次见面，却好像是认识很久的老朋友，话里甚至还有了恋人间的俏皮。

"没，没什么……"司徒有然连忙把手藏到身后掩饰道，目光扫过温和，投向她的身后，像是在找着什么。

清晨，司徒有然早早地就起了床。这段时间，他一直睡得不好，他从未这样过——闭上眼睛，他的脑子里就会闪过一个女孩的身影，一袭浅蓝色的长裙，瀑布般的长发披在肩头，回首时明眸善睐、嫣然含笑，仿若邻家女孩，轻盈若兰。

他知道这个女孩就是温和，也明白了司空行之为什么突然转了心性，对她展开猛烈的追求。第一次见到温和，他也心动了。她没有城市女孩的时尚，却透着素雅；没有城市女孩的活泼，却带着平和；没有城市女孩的妖娆，却含着羞涩，让人瞬间被吸引，想走进她的世界，了解她的一切。

　　但司徒有然没有这样做，他默默地承受着这份错失的情感，把她放在自己的文字里，又微笑地欣赏着司空行之为温和所画的画，并祝福好兄弟心想事成、赢得佳人芳心。

　　司徒有然没有看到司空行之，他的心又是一跳。不知是喜悦还是紧张，手上的纸像树叶一样飘落在地上，没等他弯腰，已被温和捡了起来。

　　"温和，行之呢？"司徒有然问道，想转移温和的注意力。

　　"我不知道啊！"温和似乎并没有注意到司徒有然的心思，边说边望着手上的纸。

　　"写着玩的。"司徒有然解释道，生怕对方瞧出自己的心事，却又带着一丝期许。

　　"是写给我的吗？"温和抬起头望着司徒有然。

　　"我，我……"司徒有然一时语塞了，心咚咚地跳得厉害，不敢直视对方。

　　"我，我喜欢！"温和停顿了一下，悦声地说道。

　　"我，我……司空行之他……"司马有然支吾道。

　　"我和他是好朋友！"温和打开手中的书，把纸夹在书里，然后静静地望着司徒有然，目光里柔情似水、清澈明亮。

　　"温和，我，我……"司徒有然有点手足无措，带着深藏心底的情愫，还有些许的惊喜。

　　清晨的湖边，朝霞彩云，微风轻拂，湖面上涟漪依依，荡起一圈圈的波纹。湖中的小石塔沐浴在晨光下，画出浅红的塔尖，仿佛一枚心形的光影。

　　毕业季。

　　盛夏的校园里生机盎然，人潮熙熙，一副热情似火的象牙塔盛景。司徒有然和司空行之，还有温和，并肩走在校园里，林荫道上留下他们斜长的身影。

"有然，温和，祝福你们！"

"行之，也祝福你，还有那个在富春江边等你的女孩！"

"有然，我们是知音。温和，我们是知己，一幅《高山流水》送给你们！"

"行之，我们在山的那边等你，一同欣赏那曲《高山流水》！"

毕文席雅

离校的前一晚,毕文和女友席雅分手了。

毕文出生在江南一个依山傍水的古镇,镇上有小桥流水,烟雨婉约。他是家里的独子,父亲是当地的知名作家,从小便教他背诵四书五经,五六岁时他就能朗读唐诗宋词。

毕文是在大学的文学社团认识席雅的,他是社团的主席。在欢迎新一届会员的活动上,当席雅出现时,所有人的目光仿佛在瞬间被摄入了一抹月色——一袭蓝白色及踝长裙素雅端庄,高挑的身材袅娜娉婷,如瀑布般的落肩长发乌黑亮丽,黛眉明眸精致动人,一弯温润的玉唇流光溢彩,嫣然的浅笑悬珠编贝。

席雅的美丽和才情很快就成了校园里的热门话题,很多人都高调地追求她,誓言"抱得女神归",结果自然是无功而返。于是,关于她的情史秘闻开始在男生中私下流传,她也在女生的羡慕嫉妒中被贴上了清高孤傲的标签。

席雅对流言蜚语只是一笑而过,依旧坚持着自己的淡雅。偶尔看到她独自漫步在校园的紫名湖畔,凝望着涟漪微起的湖面,脸上带着缕缕的伤感,目光里是浅浅的愁思,在深秋隆冬里,仿佛一尊雕像静立在晨曦晚霞中,成为大家眼中绝美的剪影,被上传到校园论坛里,点击评论如潮水般不绝于屏。

毕文是近水楼台。举行社团活动时,他会远远地望着她,内心却在犹豫、在纠结、在煎熬。他想勇敢地走上前,对她说出"蒹葭苍苍,白露为霜。所谓伊人,在水一方"的诗词告白,也期盼她能够朝自己美目盼兮,以"青青子衿,悠悠我心。纵我不往,子宁不嗣音"复之。

其实,席雅也有些心动,知道这个温文尔雅的男生来自楚舞吴歌的江南,才华横溢,兼有含蓄。他看似少了些阳光男孩的飞扬洒脱,但在少女怀春的女生眼中也是男神级别的。但她清楚，瞬间的心动还不能改变她跟自己做的约定——不在学校谈恋爱。在她看来，校园恋情是浪漫的，但能否承受毕业之痛，就是未知数了。

席雅的家在北京，父母都是外交官，长年驻外。虽说家境优越，但爷爷对孙女严格要求。在外婆家，她更是被外公以革命传统教育着，养成了独立的性格。

席雅的父母曾希望女儿也当外交官，成就"外交世家"的美誉，但她从小的梦想是做个文史学者。在她的世界里，灿烂悠久的中华文明蕴含着广阔的探索空间，五千年的过往可以被拓展成鸿篇巨制，也能被打造成无限的文化创意。为了实现自己的理想，她来到了这座拥有深厚文史功底的知名学府，立志走一条传承中华文明精华、展示中华历史厚重的创新之路——席师文创——取姓氏始祖之名，意从上古唐尧帝师，存续中华文史溯源。

时间过得很快，一轮春夏秋冬过去了。

在全校的年度辩论大赛上，席雅的几番惊鸿言语，从莲花之清到百合之灿，从玫瑰之刺到牡丹之艳，据理时如溪水潺湲，力论时如飞瀑击石。一抹从容不迫的眼神、一缕春风化雨的微笑，都成了她的风景。

辩论赛结束了，关于她来自"外交世家"的身世也被传开。一时间，"席雅的故事"成为男生中又一个被随时提起的话题，并被演绎成多个版本，其中最多的自然还是爱情篇。

"谁会最终牵住你的手，美丽的席雅？"

"谁会最终吻上你的唇，知性的席雅？"

这是校园论坛里最火爆的情书。在那个盛夏的季节，她就像烈日阳光，灼烤着每个心怀倾慕的男生。而在女生的私语里，她也从最初的嫉妒对象变成了她们努力的方向。

毕文倒是冷静了下来。他知道，席雅是那个行走在云端、只可仰视的女孩，"毕文席雅"的剧情终究只是大家乱点鸳鸯谱罢了。他能做的就是藏好心底的情愫，慢下脚步，祝愿美丽的女孩找到可以牵手相吻的人。

席雅倒有点心神不宁了，眼前总有一个静动交织的身影，看不清是谁。她越是想看清，越是看得模糊；一时感觉很熟悉，一时又觉得陌生。这样的纠结让她无法控制，越是想逃避，越是频繁出现。

当她看到毕文，模糊的身影瞬间变得清晰了，陌生的脸庞瞬间变得熟悉了。她该怎么办？面对毕文，她已经没了主见，原有的坚守濒临沉沦。

春花秋月，檀郎谢女。那些在都市小说和情感剧里发生的老套桥段终究还是在毕文和席雅的身上演绎出新的番外，开始于深秋的那次偶遇。

席雅参加了一个社会公益项目，名为"重塑中国文化自信"。这个项目的目的之一就是帮助孩子拓展文学视野，培养文学素养。席雅主要是给他们讲授中国文史。

这天是周末，席雅收拾了一下就出了校门。昨天，她接到公益组织的电话，说是有一个关于文化创新发展方面的主题研讨会。这是席雅的强项，她连夜赶写了一篇讨论稿，想通过活动找到志趣相投的人，为将来的事业做些准备。

当她走进会场，目光随意扫过主讲席的时候，顿时愣住了——主讲的名卡上赫然写着一个无比熟悉的名字——毕文。

不会真是他吧？应该就是他！席雅瞬时觉得自己的心跳加速、脸颊发烫，就好像在人海中看到了喜欢的男孩，心动如春、惊喜似夏，脑海中很自然地显出毕文独坐在紫名湖畔的身影。

当毕文走进会场，礼节性地扫过全场的时候，角落里一个无比熟悉的身影仿佛夜空中那颗最亮的星星，直接照进了他的心窝。

席雅！是席雅！原本已趋平静的心刹那间迸发出喜极而痴的呆愣，直到主持人低声提醒，他才回过神来，朝大家歉意一笑，目光却留在了席雅的身上。

这次的遇见开始了毕文和席雅新的故事。这之后，在校园图书馆外的垂藤长廊，在碧波映影的紫名湖畔，大家总会看到一对依偎的男女，春听风声，夏听雨声，秋听花声，冬听雪声，有时激昂争辩，有时喃喃私语。在皓月烁星的夜空下，他们牵手揽腰，相拥相吻，陶醉在旖旎的爱情中，忘记了两个人面临的现实。

"我想回江南，那里的小桥流水可以带给我创作的灵感……"

"我要回北京，那里的人文历史可以带给我创意的触动……"

毕业前夕，毕文和席雅理智地做出了分手的决定，又默契地给了对方一个约定——如果上天有意成全，定不负彼此情缘，五年为限，从此执子之手，与子偕老。

五年后，一家名为毕文席雅的文史创意公司在上海成立，合伙人是一对被业界誉为"神仙眷侣"的夫妻。

他们的故事更是成为母校的学弟学妹们时常提起的佳话。在校园的论坛上，一则关于"毕业季也是分手季"的话题中，"毕文席雅的答案"一直处在置顶的位置，而那封"写给席雅的情书"早已沉寂在浩瀚的跟帖之下，成为校园曾经播过的青春桥段。

水晶鞋

　　林城国际机场，一架银白色的小型商务机腾空而起。蓝天白云下，扬首挺身，宛如一只雄鹰，姿态优雅，自由翱翔。

　　欧阳萱婕站在候机大厅的落地窗前，默默地目送着商务机消失在云层之上，一双美丽的眼睛里闪着晶莹的泪珠。她知道，她与他的故事结束了。虽然无比留恋，但她不后悔。坚强和理智告诉她，她与他的相识原本就是一个错误——在错误的时间、错误的地点发生的一个错误的相遇。

　　欧阳萱婕是个漂亮的女人，职业是时尚设计师。她出生在中国西南海边的一个小渔村，家境贫寒。父亲是个老实巴交的渔民，长年出海，一年也回不了几次家。等到能够时常在家的时候，年纪也大了，只能在附近的海上捕些小海产，挣些糊口的钱。母亲是家庭主妇，每天早起晚睡地操劳家务，辛苦地照顾一家老小。日子虽然过得清苦，但一家人和和睦睦，村里人提到他们家也是竖大拇指的。

　　欧阳萱婕是家里的老小，上面还有两个哥哥和一个姐姐。老大初中毕业后就跟着父亲出海，算是子承父业，加上从小耳濡目染，练就了一身打鱼的本领。他二十出头就当了船长，领着村里人出远海了，后来又娶了村主任的女儿，成了当地的能人，让欧阳老汉很有面子。老二却不安分，初中没上完就和村里一帮不愿打鱼的年轻人出去闯荡，每次来信都说在外面很好，有吃有喝，让家里人放心。欧阳老汉其实也知道这是孩子不想让他担心，虽然自己一辈子没有离开过大海，对外面的世界还是知道些的，二小子没什么文化，只有一把子力气，无非是干些苦力活，填饱肚子而已。老三是大女儿，性格柔弱内向，从小不争不吵、不打不闹，就是一个闷葫芦，上完高中后回到家里帮母亲照料家务，任劳任怨、勤勤恳恳，俨然成了家里除欧阳老汉之外的主心骨，让他省了很多心。后来，她嫁给了邻村的一个渔民，过起了和祖辈父辈一样的日子。

按说欧阳老汉应该知足了，自己和老伴儿的身子骨还算硬朗，几个子女也大了，娶妻的娶妻、嫁人的嫁人，虽然不是大富大贵，但日子过得还好，自己一生辛劳不就是为了孩子，为了在这片大海上传承家业嘛！

只是每家都有每家的烦心事，欧阳老汉也有不顺心的事——老二在外面晃了好些年，快三十岁的人还没成个家。为这他没少和二小子唠叨，喊他回家找个媳妇，安安稳稳地过日子。但不知道二小子是怎么想的，就是不着急，还说城里男的结婚都迟，他也不急。欧阳老汉知道孩子在外面待的时间长了，心野了，眼光也高了，村里的姑娘他看不上。二小子长得还行，一米七几的个子，但终究没有什么手艺，说是这两年在一家物流公司做事。他找人打听过，就是开车送货，没个休息时间，很难找到好姑娘。怎奈二小子很满足，说是到处跑，可以在路上看到不同的风景，在城里看到不同的人，最重要的是无拘无束。

二小子知足的性子让欧阳老汉也没了主意，只能由着他去了。让他没想到的是，家里最小的丫头也和老二一样很早就跑了出去，只不过老二是整天在国内跑，老小却是满世界飞。他老是担心小姑娘家被人欺负，老伴儿也常抱怨不应该让她从身边离开。

小女儿很小的时候就和兄弟姐妹不一样，性格能动能静，调皮起来下海冲浪捞鱼，安静起来抱本书能在海边坐一天，学习也好，每次都考第一，最后还考上了大学。

让欧阳老汉想不明白的是，自己和老伴儿大字不识几个，祖祖辈辈也都是苦人家出身，更不用说还出过什么画画的人，结果小女儿打小喜欢画画。刚刚会走时，她就喜欢一个人待在沙滩上，手里握根树枝，以沙滩为布、以树枝为笔，画天画地、画树画海，还越画越好，初中时就被学校推荐上了美术特长班，一路学了下来。画画是个费钱的事情，但他从来没有提过不让上，和老伴儿两个人辛苦攒钱供她学习，哥哥姐姐也帮衬着，一家人全紧着她的开销，直到她大学毕业。

欧阳萱婕懂得感恩，大学毕业后放弃了出国留学的机会，先是在林城找了家还算有规模的广告公司打工赚钱，省吃俭用把钱寄回家，时不时地还给哥哥姐姐寄钱、寄东西。两年后，她在城里立了足，又帮二哥在印刷厂找了份工作。她二哥后来谈了个女朋友，老家离得不远，很快就结了婚，算是把家落在了城里。

让欧阳萱婕没有想到的是，在她寻找机会准备放手大干的时候，自己的人生却发生了意想不到的改变，经历了只有影视剧里才有的又远远超出自己想象的酸甜苦辣、喜怒哀乐，甚至是悲欢离合。

这一切都来源于一个看似落入俗套却真实发生的初遇。或许人生就是这样，一次无意的举动就是新的故事的开始。

欧阳萱婕还站在候机大厅的落地窗前，那架承载着她数年过往的飞机早已远去，朝着隔海相望的地方飞去。不远处的跑道上，飞机滑行进出，起飞降落，一派繁忙的景象。跟前，一架红白相间的大型客机停在廊桥上，安静地等着旅客。千里之外的那座海边城市是目的地，也是欧阳萱婕的家乡。

离登机的时间还有两个小时，欧阳萱婕早早地赶到机场，只为了完成心中的送别，不给自己留下遗憾。虽然她一次次地告诉自己，不能再回头，但是，身体留下了，心却跟着走了。她在回忆与眼泪中艰难地进入梦乡，梦中，她与他相依相偎、相拥相抱，最后双唇相吻，无限春光。

欧阳萱婕醒了。梦中的云雨已经平息，心却再次痛了起来。她望了一眼床头的闹钟，才凌晨三点，离天亮还有几个小时。她的脑袋昏沉沉的、身子软绵绵的，但根本无法入睡。今天他就要走了，回到他的世界里，自己也将回到故乡，治愈情伤、放下心痛，按照她应有的人生轨迹继续向前。

房间里黑乎乎的，只有屋外的月光透过厚厚的窗帘渗进模糊的光线。欧阳萱婕闭上眼睛，强迫自己入睡，但这一切都是徒劳的。她的脑子里全是他的身影，在卧室里激情跳动；她的耳边全是他的声音，在卧室里柔情回响；

她的鼻间全是他的味道,在卧室里轻舞飞扬。

欧阳萱婕在心里一遍遍地骂着自己,泪水又不争气地流了出来,顺着眼角淌过光洁嫩滑的脸颊落进嘴角,又苦又咸,滑入喉间,直达心底。

她轻轻地拭去泪水,一个念头跳进她的脑海,好像夜空里的一道闪电划破了云层,照亮了天地间的山林溪流、大海滩涂、城市乡村。紧接着,一阵轰隆隆的雷声由远及近,响过了黑夜,打破了寂静的夜晚,似深巷回音般地萦绕在心头。

她就像被某种力量激了一下,睁开眼睛坐起来,打开床边的台灯。一道橘红色的光线打在她的脸上,她本能地闭了一下眼睛,又慢慢地睁开,目光习惯性地停在床头柜摆放的照片上。

照片中,欧阳萱婕一身白色的落地晚礼长裙,乌发盘圈、裸肩锁骨、凝脂粉颜、黛眉亮眸、润唇皓齿,一眼望去,曲线娉婷、精致典雅、气质雍容;身边的他,一身黑色的西服,密发短寸、宽肩厚背、紧颊洁面、浓眉炯目、扬鼻厚唇,一眼扫过,身壮体魁、英俊倜傥、霸气傲人。

她一时又呆住了,眼角泛酸、心头跳痛,无法自抑。她干脆不再克制自己,任由泪水在脸上肆虐,流淌在裸露的颈脖上,又滑到双峰间,原本带着温度的泪珠变得冰凉,和她此时的心情一样。

不知道过了多久,欧阳萱婕挪了挪僵了的身子,慢慢地下了床。她想着刚才闪过的念头,感觉清朗了不少,仿佛雨后的温暖阳光,照进了寒冷的心田,又好像黑夜里的烛光,点亮了灰暗的思绪。她能够感受到自己的变化,也惊讶自己的变化——仅仅一个念头就让她有了力量。这个力量让她激动,让她调动起全身的肌肉和神经,不再犹豫、不再踌躇、不再退缩。

她走进卫生间,褪去浅粉色的睡衣,打开了喷淋头。热水哗哗地落下,拂过她的长发,流过她精致的脸庞,顺着细嫩的锁骨和圆润的双肩,越过丰满坚挺的双峰,淌过平滑的小腹,沿着修长如藕的双腿,落在光洁的脚尖上,溅起朵朵水花,仿佛盛开的莲花。

她闭着眼睛，享受着水流过肌肤的舒畅。这一刻，她觉得就像漂浮在家乡的大海上，周围是平静的海水，头顶是碧蓝的天空，片片白云缓缓飘移，缕缕海风吹过全身，让人十分惬意。

　　她睁开眼睛，双手慢慢地抚过光滑如绸的肌肤。水雾中，玻璃上隐约映出她的胴体，婀娜曼妙、凹凸有致，仿佛一幅镜中画。她低头扫过全身，水润的嘴角露出自信的微笑——这是一个姣美的身子，海边的骄阳没有晒黑她的皮肤，却让她拥有了细嫩洁白；家乡的海风没有吹皱她的肌肤，却让她拥有了光滑无痕。

　　欧阳萱婕坐在卧室的梳妆台前。镜子中的自己素颜无黛，一张年轻的脸庞没有任何修饰，透着天然的容貌和岁月的宠爱。她喜欢沐浴后的自己，身心放松，卸下世俗的束缚，重新做回自己。但是自从认识了他，她明白了什么是"女为悦己者容"。短短数月里，她从一个从来不化妆、不抹口红、不喷香水的女孩，变成了一个非常注重仪表的女人。她开始为他打扮，无师自通地学会了施粉修眉、涂唇美瞳，只为在他面前做一个美丽的女人。

　　她精心地打扮着自己，不愿落下一点儿瑕疵，原本天生丽质的五官，因为她的执着变得精致有形、光彩照人，透着十足的女人味，又带着内敛的诱惑。

　　收拾完梳妆台上的瓶瓶罐罐，她起身打开衣橱。衣橱里面整整齐齐地挂着一长排衣服，春夏秋冬各种款式，长裙风衣、短袖羽绒，红黄紫白、竖纹横条，让人眼花缭乱、目不暇接。她的脑海里也呈现出自己不同的装扮，一袭长裙袖动裙摆，窈窕淑女；一身风衣衣随人扬，洒脱恣意，就像舞台中央的主角，无时无刻不在吸引着人们欣赏又心有所期的目光。

　　欧阳萱婕没有丝毫的犹豫，伸手拿出挂在最右边的一件雪青色短袖长裙，走到梳妆台前，把衣服比在胸前，目光静视，带着回忆。这是他送给她的第一件衣服，是在遇到他半年之后。那时，她一直没有打开的情感世界最终被他打开了，她开始追随着他的脚步，与他并肩而行。

她望着镜子中的自己。一时间，洁净的镜面虚无缥缈起来，仿佛一片平静的湖面荡起了涟漪，一圈圈地扩散开来。瞬间，她好像进入了时空隧道，一道道七彩的光线快速地旋转延展，绚丽缤纷。光幕中，阳光明媚、晴空湛蓝、徐风无云，天际下是人声鼎沸、车水马龙，一派初春的都市繁华景象。

两年前的一天，欧阳萱婕一个人走在大街上，脚步匆匆。一身牛仔裙，背着蓝色的双肩小包，清纯亮丽的大眼睛仰望着路边的高楼大厦，眼神疲倦又带着一份忐忑。

这已经是她出来找工作的第三天了，还是一无所获。她感受到了深深的无助。她知道像她这种刚刚走出校门的女大学生，要想找到一份满意的工作并不是一件容易的事情。她是学设计的，品学兼优，在学校也算才女一枚，但她来自偏远的边陲渔村，受朴实的父母影响，骨子里还是一个腼腆害羞的女孩子，不懂得包装自己、表现自己，内秀有余、张扬不足，乖乖女一个。大学四年她都没谈过恋爱，虽然追她的男生不少，有帅气的阳光小伙、有聪明的才艺学长，但无论他们如何紧追不舍，她始终在每天三点一线的节奏中固守着自己的生活，鲜花零食、时装美容，在她看来远不如在一张空白的纸上画出精美的线条更加让她有满足感。

时间长了，她仿佛被人遗忘了，一个不再被人提起的灰姑娘就这样走到了毕业季。

欧阳萱婕在街头广场边找了个背阴的石椅坐了下来，拿出纸巾擦了擦脸上的汗珠，从背包里掏出面包和矿泉水边吃边喝。干瘪的面包塞住食道，冰凉的矿泉水灌进喉咙，虽然饿了却吃不下。她呆呆地望着眼前走过的路人，委屈的泪水肆意地淌过清秀的脸颊，滴在颈间，带着夏天的酷热。

她想起了同宿舍的女孩颜子倩。

颜子倩是一个来自大山里的漂亮女孩，靠自己的努力考上了大学，只为改变今后的命运。颜子倩性格很好，亦静亦动，静如处子，动如脱兔，很快就在校园里赢得了众多男生的青睐。追她的人从宿舍排到了教室，送花、吃饭、看电影是最低配置，听音乐会、看画展才勉强能进入她的视野。

经过一番明争暗斗，有三个男生被大家认为进入最后的决胜盘。一个在女生宿舍前摆满了鲜花蜡烛，静夜轻风下烛光点点；一个在校园湖畔的情侣草坪演奏了一曲《My Heart Will Go On》(我心永恒)，碧水微波间乐漫舞扬；一个开着豪车停在校门口，奢华的红色在夕阳晚霞中跳跃。

大家没有想到的是，就在同学们都为毕业论文绞尽脑汁、为工作四处奔波的时候，一条关于颜子倩的消息在大家耳边传开——颜子倩已经在市政府找到了工作。这个消息犹如惊蛰的第一道闪电，划过乌云密布的校园毕业季，又似一声春雷，炸响在刀光剑影的择业博弈中。

这个时候大家才发现，不论是鲜花、音乐，还是豪车，它们的主人都没有出现在颜子倩的身边。直到有同学突然想起一年前曾在市政府门口见过颜子倩。当时她的身边站着一个年轻的小伙子，谈不上多帅，两个人有说有笑，举止颇为亲密。消息很快就被打探者证实了，颜子倩真的进了政府机关。

欧阳萱婕也挺佩服颜子倩的，敢想敢做，目标明确、思路清晰、行动果断，但她知道自己不是颜子倩，做不到。和颜子倩具有的山的刚毅相比，她更喜欢水的柔和。她理解颜子倩的做法，但不能接受其中的功利性。她希望自己的未来随着时间的流逝自然来去，没有特定的剧本，没有提前的设置，不论是工作、生活，还是感情、婚姻和家庭。

在别人眼里，校园里的欧阳萱婕就是一个沉默在茫茫人海中的女孩，宛若大海里的一滴小水珠，无言无声，随波逐流。但在朝阳和晚霞的映衬下，潮起潮落，点点水珠也是晶莹透亮、光彩照人。

谁也没有想到，欧阳萱婕的美丽和优雅，会在一个盛夏的午后，绽放在一个男人的面前。从此，这个"大海的女儿"不再沉默、不再掩饰，一如暴风雨中的海面，波涛汹涌、激情涌动。这是后话。

欧阳萱婕是个平和主义者。她从小观海望潮，宽广辽远的大海给了她旷达的性格，风平浪静时海纳百川，暴风骤雨时迎风破浪，在扬帆远航中学会了平和淡泊。

随着年龄的增长，她在书本和网络上看到了大海的另一边，那是一个精彩的世界。她想出去走走，体验一下不同的生活。十年寒窗之后，她如愿以偿。

但是，当她真正置身于繁华喧嚣的霓虹灯下的时候，她并没有感到兴奋和惊喜，而是有一种强烈的陌生感，内心涌上深深的不安。街头的路灯泛出的光线投到她的身上，在熙熙攘攘的人群中显得十分孤单，仿佛她不是来这里书写新的人生，而只是一个匆匆过客。

欧阳萱婕看了看时间，已经是午后一点了。她起身伸了伸胳膊，朝马路对面的一幢几十层高的大厦望了一眼，深深地吸了口气，迈开酸痛的双腿。

对面的大厦里有一家公司正在招人。那是一家很有名的大公司，国内顶尖的时尚设计公司，也是欧阳萱婕和同学们做梦都想进去的地方。听说，有几个初生牛犊不怕虎的同学已经尝试过了，全都铩羽而归，这让大家没了信心，打了退堂鼓。欧阳萱婕也没有信心，她的专业课都很优秀，毕业论文也写得很好，但她也不敢跨进这家公司的大门。

过去的三天里，她风尘仆仆地穿行在这座城市的大街小巷，留给她的只有笔记本上重重划去的公司名，还有四年大学没有逛过的都市风景。就在刚才，欧阳萱婕望着本子上仅存的几家公司名，失落与焦虑同时涌上了心头，目光最后停在了博铭时尚设计（中国）有限公司上，这就是那家她想去又不敢去的公司。

我要去闯一闯，最坏的结果不就是被拒绝嘛！那我也要争取一下，不留遗憾！一个念头猛地跳进欧阳萱婕的脑海里，全身的疲倦瞬间被一股豪情壮志打得无影无踪。此时的她就好像一名出征的战士，大义凛然、视死如归，颇有"明知山有虎，偏向虎山行"的气概。

只是她根本没有想到，正是她的这番激情和冲动，会彻底改变她的一生，让她真切地体会到"遇见也是一种情孽"的含义。

她站在路边，左右望了望川流不息的车子，瞅准空隙刚迈开腿，突然耳边传来大声的呼救声。她顺着声音看过去，在对面的马路牙子上，有一个看上去三十岁左右的女人疯了似的边喊边围着一辆白色的车子躲闪着。一个男人抡着一根木棒紧紧地跟在她的后面乱舞，嘴里不停地叫着"打死你"。

欧阳萱婕愣在了原地。对面的女人个子挺高，穿着蓝色的职业套装，上衣被扯乱了，露出红色的胸衣，过膝的中裙上沾着灰尘，头发凌乱地披在肩上，遮住了半边脸，但可以看出她是一个美丽成熟的女人，精致的五官化着淡妆，只是被满脸的泪水弄花了，很是狼狈。再看男子，也是三十岁左右，个子不算太高，还有些富态，长得还行，但神情憔悴，面带怒色，穿一身长袖衫、牛仔裤，瞅上去应该不是坐在写字楼里的白领。

看着眼前的场面，欧阳萱婕心情复杂。她不知道他们为什么会吵架，还当街动了手。他们是什么关系？陌生人，夫妻关系？还是……是女的做错什么了吗？她到底做了什么？一时间，她的头脑里跳出了很多问题。

两个人还在大声地闹着，围观的人哄笑不止，却没有一个人上去劝拉，都是一副事不关己的样子，就像在拍电视剧，所有人都站在场外欣赏着剧情。

围观的人越来越多，连经过的车子都减慢了速度，摇下车窗饶有兴致地瞅上两眼，把原本就拥堵的道路挤成了大半个停车场。再看那个女人，躲在车边使劲地抹着眼泪，一脸委屈和害怕的样子。男人站在另一边，弯着腰，把木棒撑在地上，仇人似的盯着对方，看上去有些累了。

"一看就知道这个女的外面有人了……"

"那还用说，你看她的样子就知道是个不安分的人……"

"也是，你看那个男的，看上去还挺老实的……"

"估计是发现丑事了，气坏了……"

欧阳萱婕走到人群后面，听到有人朝那个女人指指点点，话里带着鄙视和指责的味道。她突然意识到自己也犯了同样的错误——她也先入为主，想当然地认为是女人不对，是女人做错了事情。

她顿时慌了，不知道自己为什么也会有这样的想法——尽管当时没有想太多，主观上却已经给对方定了性——是女的错了而不是男的有问题。她还没有走出校园、没有走上社会，但潜意识和判断力已经和世俗接轨了；对某些事情的看法不知不觉间被普遍存在的观念所左右，不再关注事情的真相和深层次的原因。就比如眼前的这场男女之战，战争还在继续，胜负似乎已经有了定论——男的站在了舆论的制高点上，没有人会去计较他的言行。

"听说了吗？颜子倩是因为攀上了官二代才进的市政府！"

"那还用说，要不然怎么会看上颜子倩，还不是看她有点姿色！"

"说不定就是颜子倩主动投怀送抱的呢！"

"那是肯定的啊！看她平时清高的样子，碰到了这么个主儿，还不紧紧地贴上去。"

"你情我愿呗！走着瞧吧……谁知道什么结果……"

"还能有什么结果，被甩呗！"

欧阳萱婕又想起了颜子倩，想起了同学们之间流传的各种桥段。

人心似刀、人言似剑。欧阳萱婕这一刻理解了颜子倩的清高、孤傲，还有无惧——她有目标，也有原则，更有底线。

现场还没有消停的意思。欧阳萱婕可没这个闲心，她还要去找工作，这才是最重要的，这关系到以后能否有饭吃。

她向前走了两步，准备从人群后面绕过去。刚刚走到马路牙子边上，她便听到"救命啊"的一声尖叫。她转头一看，看见那个男人又抡起木棒朝女人冲过去，离她也就几米远的距离。她本能地向后退了两步，却撞到了什么，差点被弹回来摔倒在地。

"住手！"一个洪亮的声音从欧阳萱婕的耳边响雷般地炸过去，震得她不禁一颤，两腿发软。她还没有反应过来，一个高高的身影从她的旁边冲过去，挡在了那个男人的面前。

那个男人正想追上去再打，冷不丁地被一声怒吼吓得打了个哆嗦，"你，

执 笔

你干什么？"他惊慌地望着对方，话都说不利落了。

"我干什么？我问你干什么呢？"大高个子厉声训道。

"这，这和你……你有什么关系？"那个男人缓过神来，看对方个子比他高，却好像不够健壮，胆子立马大了起来，狠狠地叫道。

"和我没关系，但和女人有关系！"大高个子硬气地怼道。

欧阳萱婕傻傻地瞅着眼前的大高个子，听到他的话，不由得愣住了。对方不到三十岁的年纪，穿着笔挺的黑西服，白色的衬衫配着蓝黄斜条的领带，侧面看上去五官刚毅，阳光帅气又透着沉稳。面对男子的叫嚣，他没有丝毫的胆怯，显得霸气十足。

"女人？你，你不会也和她……"那个男人还没说完，"啪"的一声，男子脸上顿时烧起来，眼前冒起了金星。

欧阳萱婕惊呆了，诧异地望着大高个子。浓眉之下，炯炯有神的眼睛里充满了愤怒，嘴角微微上扬，露出极度的鄙视。

不会吧？这么猛！他是谁啊？欧阳萱婕一时闪出了好几个念头，随即发现自己的心跳得厉害。这是一种从未有过的感觉，虽是初遇，但好像在梦里见过。

"你……你……打我！"那个男人捂着脸，疼得大叫，向后退了两步。

"打的就是你这样的人！打女人，你还是男人吗？"大高个子冷冷地训道。

"不关你的事！"那个男人恶狠狠地叫着，抡起手上的木棒，朝大高个子挥过去。

"你打女人，就和我有关系！"大高个子站着没动，嘴角露出一丝冷笑，抬手紧紧抓住对方的手腕，厉声地说道，声音不大却带着不可冒犯的威严。

"好！好！好！好样的！"人群中发出一片喝彩声，有人带头鼓起了掌，伴着赞许的议论。那个男人显然是被抓疼了，扭着腰半蹲着，露出痛苦的表情，嘴巴歪咧着，眼睛里都淌出了泪水。

"你个大男人，当着这么多人的面打一个女人，男人的自尊呢？男人的担当呢？"大高个子松了松劲，对方趁机挣脱了手腕，扔掉木棒，向后踉跄了两步，畏惧地望着，脸上红一块白一块的，像个小丑。

"这个小伙子行！听他说的话，有魄力，有格局，真不错！"

欧阳萱婕的耳边传来一个沉稳的声音。她扭过头，见是一个六十来岁的老人，和蔼可亲、神态儒雅，言语里露出对大高个子的欣赏。

"自尊，有担当。"

"有魄力，有格局。"

欧阳萱婕默念着，怦然的心动瞬间扩散开来，像一圈圈涟漪传遍全身。初春般的暖意笼罩着她，仿佛她正站在花洒下，热水流过身体，洗去了多日的疲倦，水雾间透过一束红色的光线，直抵内心深处，击穿了尘封已久的情愫之门。

欧阳萱婕还在想着自己的心事，恍惚间看到大高个子朝自己这边招了招手，说："你，你，小丫头……"

她左右瞅了瞅，身边除了说话的老者都是中年男女，只有她一个小姑娘。

"你，就是你！不要看了！"

欧阳萱婕愣了一下，指了指自己，不解地盯着对方，心里好像突然闯进了一只小鹿，活蹦乱跳的。

"小丫头，请你帮个忙。"

"帮忙？"

"去给她整整衣服。"大高个子望着躲在一旁的女人，语气变得温柔体贴，好像不是在路见不平，而是在用心呵护心爱的女人。

"她……我……"欧阳萱婕突然明白了对方的意思，瞅了瞅一脸惊恐的女人，深深地吸了口气，快步走到女人的身边，笑着点了点头，伸手帮她整了整散乱的衣服，然后侧过脸望着大高个子，眼睛里闪着敬佩的神情，略带羞涩。

执 笔

"你再打电话报个警，谢谢！"大高个子说道，好像两个人早就认识，彼此很默契。

"好！"欧阳萱婕听话地应道，掏出手机准备拨号。

"别，别，别！我知道错了。这是我家里头的事儿……就，就不麻烦警察同志了。"那个男人连忙朝欧阳萱婕摆了摆手，向大高个子求饶道。

"知道自己不对啊！打女人，是一个男人该做的事吗？"大高个子严肃地批评道，朝欧阳萱婕眨了眨眼睛。

欧阳萱婕刚刚按下一个键，看到对方朝自己眨了眨眼睛，猛地反应过来——他根本就没打算报警，就是想吓唬吓唬那人——自己不经意间和他演了一出双簧，还演得十分默契。

我这是怎么了？居然被他当枪使了！她在心里骂着自己，却感觉挺兴奋的。

"不管有什么事情，好好商量，不要动不动就摆出大男子主义。女人是用来疼的，知道不？"大高个子换上了劝和的口气，看上去像个阅尽人生百态、世间沧桑的人生导师。

"我知道，我知道！"那个男人服软地连连答道。

欧阳萱婕听着两个人的对话，瞅着他们的表情，突然想笑，再听听大家对大高个子的赞许，心里有了好奇——这个年轻帅气、有正义感的大高个子身上有一种不同于同龄人的成熟和稳重，让她感觉曾在哪里见过。

"冷……冷总！"被打的女人从路边走过来，站在大高个子的面前，紧张地喊道。那个男人一听，慌地退了两步，盯着自己的女人，神情不安。

大高个子也有些愣了，朝四周望了望，又回头瞅了瞅对方，低声问道："你是……"

"我，我是公司行政部的。"女人抹了抹脸上的泪水，恭恭敬敬地答道，然后朝自己的男人埋怨地瞪了一眼。

"噢！那赶紧回去吧，有事儿好好商量，一家人没有过不去的坎。"大高个子劝道。

"对不起，冷总。"女人畏畏缩缩地说道。

"对对对，不好意思，冷总，让您见笑了！"男人巴结道。

"不存在的。"大高个子客气道，转身朝路边走去，经过欧阳萱婕身边时，朝她点头微微一笑，露出整齐洁白的牙齿。

欧阳萱婕呆立在原地没有动，满脑子被他的微笑刷了屏。他的笑容阳光自信，仿佛整个世界都朝他打开了大门，前面是铺满鲜花的荣耀之路。

冷总？冷钧？欧阳萱婕突然想到，这个被称为冷总的大高个子可能是博铭的老板冷钧。

这么巧！她知道冷钧很年轻，名校毕业，行业精英，创业没几年，成绩斐然。不会吧？真的是他？欧阳萱婕从憧然中醒过来时，发现对方已经走了，打架的夫妻和围观的人也都散了，眼前只有滚滚的车流。

她吐了吐舌头，自嘲地笑了笑，朝不远处的写字楼望了一眼，迈开发酸的双腿，心情愉快地向前走。她身后，一个拉长的影子投在人行道上，灵动跳跃。

"对不起，对你的能力我们还是肯定的，但我们公司对新人有一个最基本的前提条件……"

"我知道博铭在行业中的地位，这得益于你们对专业的极致追求，这也是我对博铭的欣赏之处，但我不得不说，你们的这个前置条件是歧视性的！"欧阳萱婕平静地说完，起身出了面试室，留下一个高傲的背影。

她站在写字楼前的广场上，望着眼前的行人，有的步履匆匆，那是上班一族的努力；有的悠闲轻松，那是乐观者的自娱；有的趾高气扬，那是成功者的宣示；有的焦虑不安，那是劳作的百姓在为一日三餐在奔波。

我又是什么样的人呢？欧阳萱婕自问道。

她知道不是自己不够优秀，而是现实不给机会。每个人都无法预知未来，既然不知道最终会走到哪里，不如先踏上行程，一路向前。这原本就没有对错，只是人与人的个性差异和不同的人生追求。

那他又是怎样的一个人呢？欧阳萱婕的目光不由得停在了路边，脑子里跳出一个身影，高高的个子、阳光的笑容、自信的眼神。她的心又怦怦地跳起来，比遇到他的时候更加紧张——是因为刚刚被他的公司拒绝吗？不是的，虽然不赞同他们的做法，但也能理解。

只是我再也遇不上他了！她的心头涌上一丝酸楚。这是她从未体验过的感觉，直击心底最柔软的部位，让她无法描述却真实存在。

希望他还能记得，曾经有一个女孩，和他在街头相遇，欧阳萱婕在心中告诉自己。

她知道，她与他的初遇，不过是人生中无数偶遇中的一次，原本就是两个世界的人，只是因为街头的一个小插曲，让她知道自己也可以拥有心动。现在一切都过去了，当她走出写字楼的时候，她清楚此生已经无法再见。

欧阳萱婕轻轻地抹去眼角的泪水，望了望眼前的都市风景，深深地吐了口气，走进熙熙攘攘的人群中。

一周后，欧阳萱婕接到了一个电话，让她的心弦又一次被拨动起来。

她坐在床边，呆呆地凝视着挂在台灯罩下的一枚白金吊坠，这是她设计的——一条弯弯的弧线和上下排列的三角形，这是大海的波涛和航行的帆船。她想起了他的笑容，那笑容直击她的内心。

欧阳萱婕当时并不知道，从她再次走进博铭的那天起，属于她的"灰姑娘和白马王子"的爱情故事就被贴上了"总裁文"的标签。而她在经历了最初的徘徊和犹豫之后，最终未能抵挡住男主角的霸道柔情，心甘情愿地成了现实中的女主角，不愿醒来。

欧阳萱婕和冷钧的故事不再赘述，其中的情节和都市情感剧的情节相似，请读者自行脑补。或许，还有更加精彩的版本等着大家去演绎。

"飞往古州的航班即将登机，请旅客前往五号登机口登机……"

欧阳萱婕的耳边响起了航班的提示，把她从回忆中拉了回来。

稍后，一架红白相间的客机直冲云霄。

三个小时后，客机降落在古州枫林国际机场。在离机场南三百公里的地方有着漫长的海岸线，那里有欧阳萱婕的家。

经过一段梦幻般的爱情洗礼之后，欧阳萱婕明白，不论是职场还是情感，都是人生驿站中的点缀，只有家才是最真实的存在。现在她回来了，带着回忆选择离开都市的喧嚣，回归家乡的淡泊。

她相信自己的抉择是对的——她只是一个属于大海的灰姑娘，永远穿不上那双晶莹耀眼的水晶鞋。

故剑情深

　　闻婷家的客厅里。餐桌上放着一个礼盒，像一本精美的书籍。雪青色的包装纸，浅黄色的细丝带扎成了一朵盛开的纸花，简约素雅，散发着一抹沁人的淡香，就像一个美丽的妇人，除了精致的容颜，还有让人无法抵挡的成熟味道。

　　闻婷静静地望着礼盒，心潮起伏。她没有伸手去拆，而是起身走到窗前。一身浅蓝色的职业套装，将她的身材衬托得高挑修长；一头乌黑的落肩中发，又将她的脸庞凸显得水润光滑，让人看上去就知道她是职场上的白领精英。

　　闻婷是省报的记者，在圈里早有"省记名闻"之誉。这源于她的美貌和才华，还有她的婚姻——既不是大家想象的才子佳人，也不是坊间传言的政商联姻，她的丈夫杜天晟只是一个普普通通的大学老师，考古学教授。

　　这段被同事戏说为"新闻遇见历史"的婚姻，除了在婚礼那天受到大家"百年好合"的善意祝福外，其他的就是酒场闲话中的"昙花不过夜"的猜测。

　　结果让大家不解的是，几年时间过去了，闻婷的婚姻并没有出现戏剧性的转折和跌宕起伏的剧情，渐渐地，没有人再去闲话她的是非，倒是羡慕起她"萝卜青菜，各有所爱"的幸福观来。

　　只有一个人知道闻婷的情感经历，就是她的父亲，一个老实巴交的工人。父女俩曾经的一番对话，彻底地改变了她的情感选择，也重塑了她的人生。那一年，她正好大二。

　　刚走进大学校门的闻婷，十八岁的芳龄，正是少女容颜、青春靓丽的时候。颦笑间似含苞之兰，低眉时若初开之莲。一入校，她便成为同学们关注的焦点，被评为当届校花，位列"文院十二钗"之首。

　　杜天晟和闻婷同时入校，他是历史系，闻婷是中文系，隔壁邻居，上课用同一个大教室，吃饭在一个食堂。按照后来他"恭维"她的话，"从入学的那天起，每天从男生嘴里听到最多的两句话，一个是对挖墓的好奇，另一个是对闻婷的倾慕"。

只是对当时的杜天晟来说，两个人虽然早就认识，但闻婷就像是天上的仙女，和他终是天上地下。

杜天晟的老家在西部关中的黄土高原。广袤的黄土地沟沟壑壑，塬下是方圆百十里的九曲河谷，塬上是一马平川的高粱平地。只是在远眺苍茫、风起土扬的田间地头，总会看到一两个平锥形的土堆立于其间，堆上衰草萋萋，夕阳斜照在榆树的枝头，透着几分时空的沧桑和岁月的惆怅。

杜天晟打记事起就知道，这些土堆可不是普普通通的土疙瘩，是先秦以来历朝数代王侯将相的陵墓。小的时候，村里的孩子都不敢去附近玩，只有他的胆子大，常常一个人爬到封土上，好奇地踩上几脚，然后坐下来呆呆地望着塬上的风景，梦想着有一天可以打开脚下厚厚的黄土，揭开一段段尘封已久的历史。

那些年，村里有人盗墓被抓进了牢里，让正在上高中的杜天晟最终决定报考考古专业，投身探究中华历史溯源与中华文明延续的事业中。怀着这份信念，他从曲水茫茫、坡沟苍苍的黄土高坡，来到了长江下游的繁华都市。

大学四年，闻婷引来一帮帅哥才子的疯狂追求，她却始终视而避之、敬而远之，仿若寒冬里的一枝傲梅，华丽绽放却冰雪压枝。时间长了，大家也泄了气，私下里多是叹息一番，也有人以似"晴雯心高命薄"嘲之。

只有杜天晟和闻婷自己知道，在平静的湖面上依旧荡漾着清澈微起的涟漪，划出一圈圈只属于他俩的波光潋滟。这一切都根源于两个人祖辈之间的情感交集，还有双方父母的儿女相托。

二十世纪八十年代末的一个夏天，闻婷的父亲闻宏斌踏上了西行的列车。他的目的地是千里之外的西部关中漫漫黄土塬下一个僻远的小山村。在那里，他的父亲，也就是闻婷的爷爷已经故去了多年。

闻婷的爷爷是一位考古学家。年轻时，他只身前往关中探寻王陵古迹。在长满苜蓿草和山丹丹花的黄土地上，闻婷的爷爷走遍了百十里山沟河谷，记录着两千年来"唐塔汉冢朱大圈"的历史沧桑。直到一个寒冷的冬夜，他被盗墓贼杀死在塬上一座已被削平封土的陵墓旁。

闻宏斌此去是给父亲迁墓的，在那里他和杜天晟的父亲相识，拿到了一本日记，里面记录了父亲一段不为人知的往事。

"今天，我在塬上考察。这里是史书记载的汉宣帝的陵墓所在。黄昏时分，我坐在一处低矮的封土上，凝望日暮晚霞、斜阳衰草，心中升起一抹忧伤，想起了汉宣帝刘病已和许平君的爱情故事……"

"今天下起了小雨，我没有出去，待在寄宿的老乡家里。这户人家姓杜，自称是唐朝杜氏后人。这段时间和老乡聊了很多关于汉宣帝的传说，当然还有那份流传很广、被称为'最浪漫的情书'的诏书。"

"今天，杜家在县上工作的女子回来了，听说我是来考古的，很是兴奋，一整天跟着我，让我给她讲考古的事。女子二十多岁，长得挺好看，笑起来露着两个小酒窝，甜甜的模样……"

"今天天晴，我准备再去附近的陵墓看看。杜家女子告诉我她叫杜霞，非要跟着，便一起去了，结果途中下起了大雨，只好躲在一处破旧的土地庙里。闲来无事，她对我聊起了很多往事，我也说了不少自己的事。"

"今天杜家女子回县城了，不知为何，突然有种不舍的感觉。她临走前还特意和我说，让我不要急着走，她很快就会回来。我犹豫了……"

"这两天我在塬上的时候，总看到有人在不远处鬼鬼祟祟的，其中有几个明显不是当地村里的人，在一些封土堆前指指点点。再想到自己这些日子发现了一些盗墓者留下的痕迹，我有一种不好的预感，这些人应该是在打陵墓的主意。我明天要赶紧到县上说一声。"

"今天上午我刚准备出门，杜家女子回来了。看到我要出去，她连忙问去哪里，我说去县上找考古队。她也要去，我正不知道该怎么办，她已经转身往回走了，我只好跟了上去。"

"路上，我和杜霞说了有盗墓贼的事。她说这两年到他们这里来的外地人不少，有和县上一起来考古的，也有偷偷摸摸来的。村里好像也不太管了，而那些和村里人一起深更半夜挖墓的外地人，说是挖到了好东西。"

"听了杜家女子的话，我觉得事情还是蛮严重的，决定这几天晚上去现场守着。这里是关中地区重要的王陵贵族墓群，有很高的考古研究价值，可不能让那些盗墓贼给破坏了。"

"让我没想到的是，杜家女子非要和我一起去。她说自己虽然不懂什么考古，但也常听村里的老人讲要保护好塬上那些大大小小的土堆。她说不能让坏人把这些墓挖了。她的话让我十分感动，就答应了她。"

"这两天晚上，我和杜霞都会悄悄地爬到塬上，躲在别人看不见的土台上，警惕地守着那些封土堆。天很冷，我俩紧紧地靠在一起，低声说着话。我能感觉到她的身子是热的，脸是红的，我自己的心也跳得厉害。"

"杜霞回县上了，晚上我一个人待在塬上，有点儿害怕，但更多的是在想她。我这是怎么了？我该怎么办？我该怎么办？"

日记写到这里就没有了。闻宏斌知道，第二天晚上，父亲在塬上碰到了一伙盗墓贼，他们将他残忍地杀害了，扔到附近的一条深沟里。后半夜天下起了茫茫大雪，很快就盖住了整个黄土塬，一眼望去，一片白色的世界。

村里放羊的孩子最先发现了闻婷爷爷的尸体，村干部很快就报告给了县公安局。杜霞听到这个消息，一路哭着从县上赶了回来，将一条连夜织好的蓝色围巾围在他的脖子上，目送着遗体消失在银装素裹的小路尽头。

听杜天晟的父亲说，杜霞，也就是杜天晟的姑奶奶一直未嫁，几年后因病去世。家里人在整理遗物时发现了闻婷爷爷的日记本，最后一页上有一段字体隽秀的话——他走了，我也走了。

杜天晟是在离开家乡去上学的前一天晚上，从父亲那里知道姑奶奶的故事的。到了学校不久，他就去看望了闻婷的父亲，也第一次见到了闻婷。

闻婷家的客厅里。闻婷坐回餐桌前,慢慢地解开礼盒上的丝带,撕开包装纸,似有心事地打开了礼盒,看到里面的礼物,泪水不由得涌出眼角,顺着她精致的脸庞落到红润的唇边。

礼盒里是一本老式的日记本,红色的皮革封面硬邦邦的,颜色深暗,下面还有一行字——为人民服务。

闻婷记得这本日记本,也读过里面的内容——是爷爷当年和杜天晟姑奶奶的感情故事。她望着这本记录了老一辈青春故事的日记本,思绪回到了大二那年父亲和自己的一番语重心长的对话,还有后来发生的一幕幕情景。

闻宏斌坐在餐桌前,悠闲地抿着杯中的酒,和蔼地问:"小婷,平时在学校和小杜来往吗?"

"不多,就是有时候碰到了,打个招呼。"闻婷知道父亲说的是杜天晟。

"噢!小杜人不错,又是从外地来的,你多照顾点儿……"闻宏斌瞅着女儿,似是随意地提醒道,目光里透着慈爱。

女儿从小性格外向,有时候像个男孩子。妻子过世得早,闻宏斌没有读过什么书,十六岁的时候就到厂里上了班,大半辈子老老实实、含辛茹苦地拉扯着孩子,日子过得清苦却也安稳。

在他看来,女儿远比自己强,有一股子闯劲,日后定有出息,成为一个大记者就是她从小的梦想。但也正因为她的争强好胜,让他的心里总有一份担心,担心女儿在工作上过于强势,会让她吃苦头,还有就是女儿漂亮、善良,更怕她在感情上吃亏。他听过太多关于漂亮女记者的负面新闻,就希望女儿能找一个踏踏实实的普通人,只要人好心好就行。

他看中了一个小伙子,就是杜天晟。这些年,他和杜家一直都有联系,算得上是一门远亲了。杜天晟立志要做一名考古学家,闻宏斌晓得了,心里十分高兴,当时就让他考闻婷爷爷的母校,以文史专业见誉的名校。

"我知道,你就放心吧,有我罩着,他不会被人欺负的!"闻婷夹起一块红烧肉放到父亲的碗里,俏皮地笑道,心里却起了波澜。

她懂父亲的心思。父亲一生谨小慎微，本分低调。曾经叛逆的她总觉得父亲太过软弱，特别是母亲去世后他变得更加沉默寡言，每天都低着头，像个犯了错误的小孩子。直到有一天，她在放学的路上看到父亲为了救一个就要被车撞到的女孩，奋不顾身地冲过去的时候，才真正理解了自己的父亲。

而父亲对母亲的感情，在她长大后才懂得那意味着什么，那才是忠贞不渝的爱情啊！她憧憬自己的爱情能像父母的爱情一样，也渴望爱情的浪漫和甜蜜。但现在父亲想让自己和杜天晟在一起，她犹豫了。

她承认杜天晟是个优秀的男孩，人长得也不差，壮壮的，就是黑了些，想来是在黄土高原上四处乱跑晒的。她也知道学校里有不少女生喜欢他，天天追着他，非要做他的女朋友，结果他就像个老学究，整天就待在宿舍、教室、图书馆里。要不是她有几次在学校里碰到他，喊他出去吃饭，估计他连学校的门在哪里都不知道。

闻婷不是不喜欢杜天晟，只是心里总有一个少女怀春的公主梦。她不是那种娇气的女孩，但梦里的白马王子还是有的，所以她并没有多想，也没时间去想，光面对那些每天在自己面前献殷勤的男孩子就够为难的了。

"我不是担心他被人欺负，我的意思是……"闻宏斌一时不知道该怎么开口，说了半句停住了，端起酒杯慢慢地抿了一口。

"爸，我知道你想说什么，我心里有数。"闻婷低声地说道，心里却不知道该如何是好。

闻婷和杜天晟的关系就好像一杯温水，不冷不热，有时候几天不联系，有时候又约好一起上课、一起吃饭。晚霞映云时，两个人也会在操场边散散步、聊聊天。时间长了，他们也听到了一些传言，但两个人似乎都不在意，心有默契地维系着彼此的情意。

直至有一天，闻婷正在图书馆学习，接到杜天晟同学的电话，一下子就吓呆了，泪水哗地涌出眼窝，仿佛山间的小瀑布，冲刷着她美丽的脸庞，心里好像被一根针深深地扎了进去，很痛很痛。不知道过了多久，闻婷才清醒过来，急匆匆地冲出图书馆，跑到校门口，打了辆车朝医院赶去。

病床上的杜天晟，头上缠着纱布，眼睛闭着，脸色苍白，俊朗的五官紧紧地皱在一起，浅蓝色的衬衫上沾着血渍，裤子上全是灰尘。床头，一大袋子输液水挂在吊架上，细长的管子垂着，连着他的手背。一个男生坐在旁边，看见闻婷进来，站起来望着她，神情凝重。

闻婷顾不得招呼他，着急地问道："他没事吧？医生怎么说？"

"医生说可能会有轻微的脑震荡，其他还好。你不用太担心。"

"到底出了什么事？怎么会伤成这样？"闻婷俯下身，替杜天晟掖了掖被子，心疼地问道。

"具体的我也不清楚，只听说他被一帮小混混打了，为了救一个什么女孩……"

小流氓？他们怎么下手这么狠！把我的……闻婷在心里头骂着，觉得自己的脸一阵发烫，连忙打住了自己的想头，再一想，救女孩？这个女孩是谁？他女朋友？我怎么不知道？闻婷的心里涌上一种说不清楚的酸楚。

男生知道闻婷和杜天晟的关系，看她呆呆的，知道是被吓到了，叫了两声："闻婷，闻婷……"

"啊！噢！"闻婷缓过神来，朝男生苦笑了一下。

"那什么，我先回去一趟，给他拿些洗漱用品过来。你一个人行吗？"

"行行行，那谢谢你了！你回去吧，这里有我在就行了！"闻婷赶忙接过话，朝对方点了点头，礼貌地谢道。

闻婷坐到床边，静静地望着杜天晟，目光停在了浅蓝色的衬衫上。这是上个月他过生日时自己送给他的。她清楚地记得，当时他很惊讶，但能瞧出特别开心，后来也没见他穿过，正想着哪天问问他呢！今天他就穿上了，那为什么要穿这件呢？

难道是去见那个被救的女孩吗？闻婷正在胡思乱想时，听见杜天晟轻轻地哼了一声，见他动了动身子，连忙起身紧张地望着他。

我这是怎么了？？闻婷一遍遍地问着自己，一丝羞涩悄悄地掠过心底。

"闻，闻婷……"低沉的声音在她的耳边响起，仿佛来自遥远的天边，又近在眼前。这是一个熟悉的声音，此时虽然有些局促，却带着一份深情。闻婷定了定神，见杜天晟睁开眼睛望着自己，眼神疲倦却带着喜悦。

她弯下身子，轻轻地握住他的手，温柔地安慰道，"天晟，天晟，没事了！没事了！"

"对不起，对不起，让你担心了！"杜天晟感受到了闻婷的体贴，这是他一直在期待的，也是一直想做的事——牵着她的手走在校园里，走在都市的街头，还有遥远的黄土地上。现在她主动伸出了手，他摸到了她的温度，也从她的话里听到了她的心意。

"你好好的就好！你好好的就好！"闻婷朝杜天晟莞尔而笑，心里荡起从未有过的知足。她知道这是什么，知道她和他的故事在这一刻翻开了新的一页。

"小婷，这样的男孩不值得你托付吗？"

在医院的楼道里，闻宏斌疼爱地瞅着闻婷，脸上露出了赞许。闻婷握着父亲粗厚的手掌，轻轻地摩挲着，温和地说："爸，你放心！我知道该怎么做……"说话时，她的脸颊上泛起羞涩的红晕。

闻婷后来才知道，那天杜天晟出了校门，经过一条小巷子时，看见几个小混混正拦着一个小姑娘动手动脚。小姑娘躲闪着，因为害怕又不敢大声叫喊。杜天晟没有多想，跑上去制止，被对方一阵拳打脚踢，好在有人看见，赶忙报了警。警察赶到后，把他送到了医院。

闻婷被感动了，为杜天晟的正直和勇敢。她没想到的是，他那天是去给她买生日礼物。那是一件红色的长裙，穿在闻婷的身上，落地飘逸，如一朵盛开的山丹丹花。

闻婷和杜天晟相依相偎地走在校园的竹林间，两个人窃窃私语，脸上洋溢着幸福甜蜜的笑容。此时此景，成为他俩日后常常提及的一幕。

婚后，闻婷依旧保持着她的静心和从容，仿佛夏日里盛开的荷花，傲然绽放，尽情地展露着她的优雅，却将一抹清香藏在清风明月中，唯有在杜天晟的面前才吐纳芬芳。

只是，在爱情和婚姻的旅程中总有这样那样的插曲。尽管闻婷早就学会了如何保护自己，但她的魅力总是让她时刻闪耀在众人的面前，有些男人还是挖空心思地接近她。对于这些人，闻婷会用她的智慧将对方击退，就如同她的文字，绵里藏针、针针见血，杀得对方丢盔弃甲、落荒而逃。

但有一个人是个例外。他的风度、他的才华，让一直把自己关在铜墙铁壁般的房间里的闻婷，感受到了缕缕穿过紧闭的门窗悄悄吹进来的春风，慢慢地融化着她的高冷。

他是闻婷的一个采访对象。第一次见到对方时，闻婷就有一种久违的熟悉感，他好像是少女记在日记本里的主角，是少女情窦初开时出现在梦里的王子。在他的面前，她的心跳得厉害，思绪也乱了，采访中出了好几次错，但都被对方春风化雨般的微笑和沉着从容的回答化解了。

他是一个年轻的企业家，自己创办了一家高科技企业，很快就成为行业里的佼佼者，是当地商界的传奇人物。在他那里，闻婷不仅看到了他的学者造诣和执着，更见识了他的商业睿智和魄力，而后者恰恰是杜天晟身上所没有的。

闻婷迷茫了。过去的几年里，杜天晟每次去外地考古或者讲学不在家的时候，她都会一个人安静地等他回来，但现在她会有意无意地想到那个人，想起对方的微笑，还有他不经意间流露出来的对自己的欣赏。

这天，闻婷接到对方的电话，邀请她去参加一个拍卖会，她同意了。放下电话，她却害怕了，不知道自己是不是做错了，更不知道这会带给自己什么样的经历，又将把自己带到何方。

她犹豫了，不知道该不该去。她从来没有这样困惑过，甚至有些恐惧不安。她的眼睛模糊了、思绪纷乱了。她站在窗前，呆呆地望着楼下的车水马龙、人潮涌动，耳边隐约传来一个断断续续的声音，仿佛来自遥远的黄土高原。

闻婷的眼前出现了一个熟悉的画面——宽广辽远的黄土塬上，一个年轻人独自站在初春的地头，静静地凝视着不远处的一堆封土。夕阳西下，道道霞光洒在土堆之上，映射出历史的沧桑和岁月的流逝，唯一不变的就是堆土之下那个已经沉睡了两千多年的汉朝皇后，还有那段"故剑情深"的爱情故事。

闻婷醒了。一抹清晨的阳光透过厚厚的窗帘渗进了屋里，投在雪青色的被子上，静谧柔和。她揉了揉微肿的眼睛，目光落在了床对面的墙上，那里挂着一幅结婚照。

照片上，闻婷身穿洁白的落地婚纱，娉婷袅娜，精致的锁骨间戴着白金项链和心形吊坠；光滑的双肩宛若出水的莲藕，嫩如凝脂；蕾丝低领勾勒出深长的乳沟，高耸的双峰坚挺着，好像呼之欲出的玉兔；镂丝镶花的头纱下，柔顺乌黑的秀发盘圈着；黛眉翘睫，亮闪的眼线显出双眸的水灵俏动；鼻梁精线如峦、泽韵如雪；粉润的双唇半启半合，露出洁白的牙齿，带着一份含蓄的诱惑；耳垂上一对奶白色的珍珠耳钉熠熠闪光。

闻婷的身边是杜天晟，一身黑色的西服，高高的个子、宽宽的肩膀、短发浓眉、高翘鼻梁、中厚双唇、圆尖下巴，既青春阳刚又文质彬彬，特别是那双乌黑的眼睛，目光澄澈，饱含着幸福满足，还有对未来的期望。

闻婷明白，杜天晟和自己的爷爷，两个不同时代的人，为了探寻悠长深远的中华历史，默默地承受着孤独，决然地行走在时空之间。这份执着此时就像一把古剑，闪烁着岁月的光芒，照进了闻婷的心间。

闻婷拿起手机，给那个曾在心里停留的男人发了一条信息，告诉对方不能赴约的理由，然后拨通了杜天晟的电话。电话里，她把那个男人的事情告诉了丈夫，还有自己的决定。

杜天晟平静地听完了妻子的话，没说什么，只是告诉闻婷给她买了件礼物，是结婚五周年的礼物。

这个礼物就是他的回答。

闻婷打开日记本，扉页里放着一把精致的小古剑，简约不失华贵、素朴不失厚重，古铜的色泽磨砺出岁月的沉稳，镌刻着长久的祥和。她把它拿在手上静静地凝视着，心中流淌着淡淡的却直抵深处的感动。

她读懂了丈夫的心意，理解了他的执念，一如汉宣帝与许平君的爱情，含蓄中不失真挚、低调中不失深情，却是古往今来，最浪漫的爱情故事。

闻婷抬起头，望着窗外的明媚阳光，等着杜天晟回来。

藏地莲花

一

莲叶上，两滴苦涩泪珠。心已悲绝。问我，何处有尘埃？

菩提下，两段错孽情缘。伤已愈合。问她，何时有轮回？

初秋。碧空云浮浅，群峰覆雪；七彩林嶂叠，曲溪潺涓。苍茫茫，玛尼堆上经幡扬，这是风景中的藏地。

傍晚时分。夕阳暮色，霞曦映天，染尽千堆云；皓月悬空，淡晕薄边，映出万里光。又是一日的情伤心郁，怎奈非我自愿时。

楚浩然站在一个突出的土台上，身后是层层浅垄，阡陌青稞地。秋风起，麦叶飞扬，穗尖荡起片片浪花，正是一年腊熟时。眼前，碉房错落，石壁木窗，披檐晒台，古朴粗犷，又见厚重与静谧，这是凡世间的藏地。

风景中，千象均可生；凡世间，万物皆可见。只心中的那一抹情愫，既不在景物中，也不在风尘里，是在时空过往的瞬间，渐渐凝固成了永远，一如诗曰，"第一最好不相见，如此便可不相恋；第二最好不相知，如此便可不相思"。

但自己真的能醒悟吗？真的能释怀吗？那日的初见，一朵眉心印脂莲花，又岂是不再相见就能消退的；那年的祈愿，一枚红色水晶戒指，又岂是不再相遇就能摘下的。

此时的楚浩然，站在情恋开始的地方，女主角却已香消玉殒，化莲成珠。那个让他倾心的藏族女孩，悄然离开了，连个道别都没有留下。

梦是从两年前开始的。

楚浩然是一名自由摄影师，最大的梦想就是拍一部让观众赞叹和评说的公路纪录片。为了收集素材，他第一次去了西藏。除了内心向往那片神奇的土地，他也渴望遇到一段浪漫的邂逅，体验一番缠绵的风情，为自己的纪录片留下一段凡尘世俗的花絮。

然而,世间万物、人生际遇实非常人能够提前预知的,更不是仰望一幕星空、抒发一腔情怀就能够掌控自如的。他也没有想到,就是那次的西藏之行,不仅让他经历了初遇的悄然心动,而且让他领悟到了那片遥远土地上的佛旨禅意——藏地有莲花。

这一年楚浩然二十五岁,正是青春风华、激情洋溢的年纪,对未来充满了希望。笑容灿烂、言行洒脱,一生中最有动感的岁月,宛若仰止自如的盛竹,可以放纵不羁,也可以深沉不语。

他踏上了行摄西藏的路。一路上,天高云淡、日朗风清,目之所及皆是蜿蜒起伏的崇山峻岭,落脚之侧是急流奔腾的弯峡曲河;山谷间密林叠彩,半坡上村寨有色;斑斓的风马旗随风飘飞,摇曳着光影的安然;古朴的玛尼堆经风过雨,叙述着年轮的过往。

只是秋日的西藏高原多风雪。影视中美轮美奂的皑皑雪山、如诗如画的云锁金顶,此时已然没了空灵高远的极致美景,开始爆发出最原始的野性力量。对独自一人行走在路上的楚浩然来说,这多少让他忘了最初的心境和期许,只剩下穿行在冽风冷雪中的艰难和不安,还有进退两难时的踌躇与慌乱。

他在一个山谷间的村寨前停下了脚步。这是一个看上去不大的村子,十来户人家零星地分散在半坡上,显得有几分苍凉。一条泥泞的土路坑坑洼洼的,积满了污浊的雪水,还有牲畜走动留下的脚印。路两边是低矮的木屋,枯枝围成的院子里,院角的木棚下堆着牦牛粪,被雨雪淋湿了,流出脏兮兮的水。

楚浩然深一脚浅一脚地朝前走,眉头紧皱地张望着,想着是否有人家可以收留他过一夜,但显然这里一个人都没有。

他已经累坏了,眼前的山谷和村寨模糊起来,隐约中出现了一池有着碧蓝波光、氤氲雾气的温泉,池边放着美食和一杯血色的红酒。他正惬意地躺在池中,痴痴地凝视着不远处的一方石雕莲花。

水汽袅袅弥漫着，似仙界天境；朦胧间花叶承露，如雨打芭蕉。莲花边，不知何时坐了一个年轻的女子，身姿婀娜，白色的长裙束腰遮踝；五官精致，凝脂的肤色极润秋水。垂眸时含着滴珠，仰目间情深脉脉；红唇启合时文淑静雅，纤指柔绕间窈窕温和。

楚浩然的心骤然跃动，展眼望去，恰遇女子迎面对视。眉心一点红印宛若莲花绽放，顿生倾国之美。更有那笑靥皓齿，再演倾城之貌，让他瞬间失了心性、乱了情绪，仿佛醉酒后的迷离，忽遇美人在前，控制不住男人的欲念，凝固在瞬间的幻想中……

待他醒过神来，女子却不见了，只剩下那朵石雕莲花孤寂地落于泉池边，独对一波清水，期待有人捧水浇濯，洗去凡尘浊物，换一季的佛家供养。

站在寨子的尽头，楚浩然呆呆地望着村外。天边，黑黑的云层似人裹着袍子在风中匆匆地赶路，雄壮的山峦脱掉了绚丽的衣裳，裸着身子在雪中沐浴。不远处，弯弯的溪流被一层银灰色的冰覆盖，只在岸边的土缝间冒出潺潺的细流，给这个偏僻的村落留下了一丝生机。

眼瞅着风雪又将袭来，他没了主意。正在左右为难时，身后传来一阵急促的马蹄声，在空旷的谷底显得十分的狂野。他转过身，看见村口出现了一匹白马，一个穿着藏袍的骑马人手提缰绳、脚蹬马镫，朝自己疾驰过来，片刻间就到了跟前。

"你是谁？跑到这里来做什么？"一连串的质问声冲着楚浩然迎面而来，"马上就要下大雪了，这里很危险的！"声音严厉，是一个年轻女孩的声音。

他抬头望着马背上的女孩，一身棕色的毛皮藏袍，饰以五彩的镶边；银灰色的狐皮帽遮住了大半个脸，只看见沾着雪花的睫毛下，一双黑亮亮的大眼睛扑闪闪的，带着毫无掩饰的率真。

"我，我……"楚浩然支吾着，心里却不再紧张——在这个没有人烟的地方，眼看狂风暴雪将至，能够遇到当地人真是万幸，自己不至于被抛在荒村了。

"你，你什么你啊！"女孩说着一口流利的普通话，"还不赶紧上来！"声音清脆透彻，在风雪中犹如一串风铃，荡出潺湲之音，让楚浩然心头一动，脑子里闪过一个模糊的身影，虽在云间雾中，却似曾见过。

楚浩然还在发呆，女孩已经伸出手，有力地挥了挥，示意他上马。他愣了一下，听话地抓住了对方的手，她掌心的热气瞬间传到他的手上，又顺着臂膀注入身体，好像一个快冻僵的人跳入温泉中，热体温肤，很快疲倦全无，渐入憩息，耳边又传来爽朗飞扬的笑声，在山谷风雪中荡漾回转。

二

一叶莲花泪露，两地心念，不见。

一花一心间，供养为谁？两情相悦，不言。

楚浩然的耳边响起悠长的梵音佛乐，如云中风起，把他从昏沉中唤醒。他慢慢地睁开了眼睛。

这是一张美丽的脸庞，虽无江南女子的胜雪凝色，却自生芳纯。两道弯弯的眉睫下，一双水汪汪的大眼睛闪着惊喜，带着喜极而泣的泪珠，宛若晨间雨露般清新闪亮。鼻尖下，水润的双唇半启半合，露出两排洁白的牙齿，洋溢着女孩的俏皮灵动。

我在哪里啊？是在梦里吗？

眼前的女孩，上身是墨蓝色的斜襟彩边藏族服饰，下身着五彩百褶裙，衣领间挂一长串红石珠链，腰际两侧悬吊银垂铃，繁花锦边的袖口处戴着两只镶玉的银镯。女孩两只手搭在小腹前，纤指曲柔，正不停地搓弄着衣角，衣角处绣着两朵盛开的白色莲花。

"你醒啦！"话音响起，如林间小鸟晨鸣，让他瞬间想起了马背上的女孩，浮现出他与女孩揽缰提鞭、追风踏雪的那一幕。

"谢谢你！我……"楚浩然动了动身子，坐了起来。

"不用谢。"女孩朝楚浩然嫣然一笑,似夏日莲花绽放,摄人心魄。

"我,我……"楚浩然一时不知道该说什么。

"没事,"女孩似乎想到了什么,"你先好好休息……"说完便起身出了屋。

楚浩然望着女孩离去的背影,好半天才平静下来,打量起四周。这是一间典型的藏族住屋,色彩艳丽,充满了浓郁的当地风情。正对面的墙上挂着一幅精美的唐卡,画风繁丽、意境旷远。他低头瞅了瞅,发现自己正躺在靠墙的矮铺上,身上盖着厚厚的皮毛毯子,全身暖乎乎的。

我怎么躺在这里了?楚浩然嘀咕着。他记得自己跟着女孩在风雪里走了半个多小时,沿着山脚蹚过一条结了冰的小河,漫天飞雪中看见了一个房舍错落有致的寨子,高高的碉房立在村前的坡上,灰色的屋顶晒台上铺了一层白雪,分外耀眼,露出秋日雪色的藏地风光。

楚浩然记起来了,他好像是晕倒了。他和女孩走到村头停了下来,女孩先下马跳到雪地上,半仰起头瞅着他,被雪花挡住的脸掩在皮帽里,仿佛开成了一团雪绒花。他全身都是雪,又冻又饿,感觉头重脚轻,硬挺着僵了的身子,扶着马背下马,谁知两脚刚刚落地,膝盖猛地打软,眼前一黑……

楚浩然还在努力想着之前发生的事,房门被推开了,女孩手里端着一个银色的小碗走到床边坐下来,微笑地望着他,眼睛里含着温柔。

女孩换了一身白色的藏族服装,发辫披了下来,脖子上挂着一条黑白相间的天珠项链。整个人应该是精心打扮过的,看上去没了刚才的俏动活泼,却多了一份娴静淑雅,宛若花骨朵儿暗香浮动。她双眸顾盼,颊绯靥红,眉心间一点红印似莲花正开,恰是曾经的初见。

"喝点热茶吧!"轻柔的声音传入楚浩然的耳朵里,一股暖意瞬时牵动了他内心深处的情愫,似穿越风雪,再见春天。

"谢谢你!"楚浩然接过小碗。

"你不用谢我,要谢就谢……"女孩的话说了一半,抿了抿红润的双唇,把脸转向门口，眼睛里流露出隐隐的忧伤。

"你怎么了？"楚浩然瞧出对方情绪上的变化，还有话里的犹豫，连忙道歉地说，"对不起，给你添麻烦了！"

"没，没……什么……"女孩微微地笑了笑，掩饰着自己的表情，转身出了屋。

她怎么了？刚才还是一副俏皮的样子，转眼又好像有心事似的。楚浩然低头喝着碗里的奶茶，浓郁醇香的青稞茶从舌尖滑进喉间，仿佛谷间的小溪在身体里流淌，把他的思绪带入了遐想的境界。

透过床边的木窗，可以看到外面已是一片银装素裹。对面的屋顶上积了厚厚的雪，仿佛洁白的被子，温暖着被窝里的人；越过屋顶眺望，远处的山峦也是一片白色，间或在半山腰点缀着几小块灰色，那是几个相邻的村寨。

楚浩然听到屋外传来女孩的声音，似在自言自语。他有些纳闷儿，翻过身趴到窗前，伸手抹去玻璃上的雾气，向外望去，一时间呆住了。

院子里大雪铺地，中间走出两条弯弯的脚印，通向篱笆门。杂木碎石垒砌的院墙上，积雪已有小半尺厚。院子的角落里搭着两个简易的木棚，里面圈着几只羊，正蜷缩在一起相互取暖。院子中间搁着一个黑乎乎的大火盆，半盆烧尽的木炭上盖着一层雪，灰白分明。火盆的旁边支着一把长长的木条椅，上面铺着几个大红色的坐垫。

两个女孩正坐着说话。

她们一个穿着墨蓝色的藏族服装，另一个穿着白色的藏族服装。两个人手握着手，相互轻轻地拍打着，低头说着什么，隐约听见"他怎么会在这里……""他来这里做……"

原来屋里有两个女孩啊！长得这么像，是双胞胎？那我最先遇到的是谁呢？楚浩然转身看着屋里的陈设，开始飞速地思考起来，好奇心一下子跳出来，英俊帅气的脸上露出惊喜的神情。

央金顿珠和央金丹珠是双胞胎姐妹。顿珠是阿姐，性格温静平和。丹珠是阿妹，活泼开朗。姐妹俩从小得山川之气、汲河溪之源，十七八岁时便出落得亭亭玉立，如出水双莲，在藏地东部山区的十里八乡有"嘉绒白玛"的美誉。

姐妹俩十来岁时就被他们的阿爸送到山外读书，阿姐顿珠后来考上了大学，毕业回到家乡，在当地的文化艺术中心从事文物保护工作。阿妹还在上大学，今年大四了，她想飞得更远、飞得更高。这次实习回来，阿妹就是想和家人商量今后的打算，结果一向开明的阿爸坚决不同意她留在外地，阿姐也站在了阿爸的那边，不再像以前一样支持她的选择。

心烦意乱的丹珠无法理解阿爸的想法。在她的眼里，阿爸虽然是个普普通通的山里人，但年轻时也曾离开家乡，走出大山，知道除了高山湖泊、雪峰茂林、草甸牛羊外，外面的世界还有高楼大厦、车水马龙，远比家乡的偏远和贫瘠精彩。更何况阿爸当年也鼓励她多走走、多看看的，现在为什么突然又反对了呢？

丹珠不理解，顿珠却能体谅阿爸的心思。大学几年的经历让她和阿爸的想法变得一致，最终回到家乡，选择了天高云淡、月伴星河的藏地风情和淡泊平和、温和从容的生活。

阿爸曾说起过年轻时的事情。正是那段过往拓展了他的视野，也改变了他的认识，最终明白自己的归宿到底在哪里，自己究竟适合什么样的生活。

二十多年前，一个藏族少年不顾父母的反对，独自一人踏上了闯荡江湖的路。当他走出大山，迈进千里之外的都市时，他被眼前的繁华和热闹深深地吸引了，下决心不再回到那个闭塞的家乡。

梦想是美好的，现实却是残酷的。打工的奔波和艰辛换来的只是勉强糊口的微薄工资。偶尔和家乡的伙伴坐在路边的大排档，望着路尽头的大酒店灯火通明、霓虹闪烁，不时有西装革履、打扮时尚的男女进进出出，这个藏族少年发现自己早已没了当初的激情，而在梦里，家乡的山川溪流、村寨炊烟变得越来越清晰，随时能够看到阿爸阿妈期盼的目光，听到他们呼唤的声音。

少年收拾起简单的行囊，毫无留恋地踏上了回家的路途。一路上，从高楼林立的城市到山清水秀的田园，再到终年积雪的大山，他的心情重新变得轻快了，看到路边熟悉的玛尼堆和五彩的经幡，他终于释然了——他属于家乡。

顿珠原本就是一个性情温和的女孩。和外面的世界相比，她更喜欢家乡的山山水水，内心追寻那种仰看蓝天白云、眺望雪山草甸的淡泊生活。她曾努力地去适应外面的世界，但最终还是选择了离开。在她看来，只有家乡的山水能给自己带来平和，只有家乡的空气能给自己带来温度。

丹珠性格外向、个性率真，对外面的世界充满了好奇和向往。在她的认知里，家乡风景秀丽，但人们的生活还不富足，山外的人虽然赞叹家乡的独特文化，但更多的是出于新鲜和猎奇，来去匆匆。

她想改变自己的生活，创造自己的未来。她要走出大山，去闯荡更广的天地，一个比珠穆朗玛峰更高、比色林措更大的天地；一个属于自己，属于一个藏族女孩的广阔天地。

那天她和阿爸阿姐争执了一番，一个人赌气跑到山里溜达，不知不觉地走到了自己出生的地方。风雪已起，她正准备回去，见村里站着一个人，显然又是瞎逛的山外人。她本不想搭理，但瞅对方只有一个人，善良还是战胜了任性，她追上去并把对方带回了家。

当丹珠第一眼认真打量楚浩然时，她的眼睛里闪过一道光亮。这是一个帅气的男孩，虽然闭着眼睛，脸色疲倦，但依然无法遮住他的俊朗。乌黑的寸发、浓密的眉毛、高挺的鼻梁、宽厚的嘴唇，就像影视剧里的男主角，又好像梦里一直期待的那个他。那一刻，她的心里泛起了阵阵涟漪，触发了未启的情感世界，开始期许一份少女的浪漫。

楚浩然躺了下来，眼前全是两个女孩的身影。他隐约觉得最先在屋里的女孩是妹妹，是她把自己带到这里的，而那个眉心印莲的女孩应该是姐姐。

屋外传来一阵脚步声，门随即被轻轻地推开了，穿着墨蓝色藏族服装的女孩走进来，径直坐在了床边，含笑地望着他。绯红的脸颊带着少女的羞涩，她没有说话，似乎在等着他先开口。

楚浩然不敢直视面前的女孩，犹豫了片刻，轻声地问："你叫什么名字？"

丹珠瞧出了男孩的局促，倒是挺开心，大大方方地回答道："央金丹珠。你呢？"

"楚，楚浩然。"他被女孩瞅得眼睛都不知往哪里放，目光不经意地扫到对方的手上，顿时呆住了。

"你，你是谁？"楚浩然突然大声地叫起来，仿佛看到了什么让他特别惊讶的东西。

"你，你，你怎么了？我是丹珠。"丹珠显然被他吓着了，惊慌道。

"这个戒指是从哪里来的？"楚浩然抓住丹珠的右手，指着她手指上戴着的一枚红色的水晶戒指，急急地问，"你快说！"眼睛里不再是惊讶，而是惊喜。

"这，这是我，我阿姐的……"丹珠答道，疑惑地望着楚浩然。

"你姐姐？你姐姐是谁？她怎么会有这个戒指的？"他的脑海里跳出了另一个女孩的身影——那个眉心印莲的女孩——想起三年前记忆犹新的往事。

三年前，楚浩然回校参加百年校庆。校庆活动中有一个寄语青春的环节，就是由毕业的同学准备一份礼物，学校随机赠送给在校的学生，作为青春传承的存续。这是学校的传统，一直被全校师生坚守。

当时他精心挑选了一枚红色的水晶戒指。至于为什么会选这个，他自己也没想清楚，就是心里有一份莫名的期许和梦幻般的冲动，告诉他这枚戒指是为一个远方的女孩准备的，而那个女孩在离天空最近的地方。

他有预感，总有一天会再见到这枚戒指，还有那个收到礼物的女孩。

现在，红色的水晶戒指真的出现了，就在这个离天空最近的地方，就在这个莲花供养的藏地；而那个女孩真的出现了，不是眼前的女孩，而是她的姐姐。

这不是天命，又是什么呢？

这不是缘分，又是什么呢？

"你姐姐呢？"楚浩然从回忆中醒过来，欣喜地问道，"她的这个戒指是从哪里来的？"

"我阿姐，阿姐，在……在……"丹珠害羞地抽回被楚浩然抓住的手，泪水不由自主地涌出了眼眶，惊慌地望着他。

"你，你知道，你姐姐的戒指是从哪里来的吗？"他意识到了自己的失态，稳了稳心神，轻声地问道。

"我也不知道……"丹珠见楚浩然换了一副口气，紧张的心也放了下来，说道，"阿姐没和我说过……"

"噢！谢谢你，丹珠。"楚浩然朝她礼貌地笑了笑。

他想，既然上天安排自己和这对藏族姐妹相遇，那他们之间的故事才刚刚开始。

央金顿珠听完妹妹的话，不禁痴了。她呆呆地望着手上的水晶戒指，拉开床边的抽屉，从最里面拿出一本蓝色的小册子，里面夹着一张小卡片。

她永远记得那是三年前的春天，正是万物复苏、春暖花开的时节。

央金顿珠来到这座繁华的沿海都市已经半年了。她作为优等生，被选送到当地一所著名学府做交流生。正逢学校举办百年校庆活动，有一个环节是由老校友给在校生送一份礼物，礼物是随机的。她也收到了一份礼物，还有一张小卡片。

她收到的礼物是一枚红色的水晶戒指。顿珠很奇怪——这个校友怎么会选这样的礼物——打开卡片一看，她不由得会心一笑，似乎明白了校友的深意，一时竟想象起他的模样来，心头也一热，就像离家的她饮下一杯热气腾腾的青稞奶茶，身体和情感都有了归宿。

三

一叶莲花，冰清玉洁；一世情缘，在水那边；

远方虽远，亦在梦怀；他日有缘，定会遇见。

以此为信，不负韶华。

顿珠久久地凝视着手上的戒指和卡片，脑子里全是男孩的模样，和她梦里见到的一样。

这个叫楚浩然的男孩，真的是这个戒指的主人吗？

我的神灵，真的听到我的呼唤了吗？

那我该如何面对他，又该如何面对我自己呢？

顿珠想了很多，心绪从最开始的惊喜慢慢变成了忧伤。泪水从眼角流出，顺着秀美的脸庞滴在戒指上，润泽了光亮的水晶，又落在卡片上，开出一朵朵绽放的莲花。

第一最好不相见，如此便可不相恋；第二最好不相知，如此便可不相思。

顿珠知道，这个抉择和自己三年来的期待相比，很痛；和今天的初遇相比，更痛。但这是她认为最正确的抉择。既然注定此生无法相守，那就从一开始就不要相识，给彼此留下一个念想，走过各自的春夏秋冬。

楚浩然没有想到，央金顿珠会把他原本只是一纸心中的遐想变成此生最真切的情愫；他也没有想到，顿珠终于等到了带给她一怀情思的自己，却选择了离开；他更没有想到，顿珠生病了，而且病得很重，她用自己的善良做出了无我的取舍。

"阿姐说，让我留着这枚戒指……"丹珠哭着说道，纯美的脸庞如雨后的莲花，泪珠似露。

"她还说什么了……"楚浩然从丹珠的话里感应到了顿珠的心愿。

"阿姐说希望这枚戒指可以护佑我去寻找外面的世界，带来一生的幸福……"丹珠深情地望着楚浩然，泪珠中含着对未来的期许。

"丹珠，我可以带你去追寻你的梦想。"

"我也相信你一定可以找到属于自己的幸福！"

"我更相信，你的姐姐一定会在那莲花盛开的地方等着我。"

楚浩然轻轻地抹去丹珠眼角的泪水，疼爱地望着这个清纯的藏族女孩，内心涌起哥哥般的爱怜。

雪已经停了，天空碧蓝、薄云慢移。村寨里依旧是白雪覆地，雪花挂树。不远处群山叠雪、晨曦映峰，山间的庙宇金顶威严静谧，供养出藏地的深远秘境。

村外的小路上，一个瘦长的背影在缓缓前行，身后留下两行深深的脚印。村头的小院子里，一个穿着墨蓝色藏族服装的女孩目送着远去的男孩，秀美的脸上双眸清澈，宛若山里的海子；红润的双唇轻抿，恰似含苞的莲花。

两年后，楚浩然的自媒体微纪录片《藏地莲花》在网络上发布，引发网友的追捧。

他回到故事开始的地方，将一枚莲花戒指放在顿珠的墓前。丹珠也回到了家乡，她告诉姐姐，外面的世界真的很精彩，在那里她实现了梦想，也找到了爱情。

但梦里，最美的还是家乡这片天高云淡、莲花盛开的土地。

巧克力

　　印章站在街角的一家巧克力小铺前，静静地望着橱柜里陈列的巧克力。不大的柜子里放着各式各样的巧克力，五颜六色的，仿佛一件件精美的艺术品，闪耀着奢华的光泽，又好像一个个灵动的音乐盒，播放着浪漫的旋律，让他驻足了很久，不愿离开。

　　印妮躲在对面的巷口，静静地看着弟弟，目光里含着疼爱。眼前的印章已是一个半大小子，高高的个子，穿着白色的衬衫和黑色的裤子。午间的阳光照在他的身上，再折射到橱窗的玻璃上，映出一幅浅淡的人物肖像，隐约能够看出一张帅气的脸庞。

　　印章并不知道姐姐一直跟在自己身后，出门的时候他没有和姐姐说，他不想让姐姐担心。从小姐姐就宠着他，保护着他，大了后才知道，这就是老人口中常说的"长姐如母"。

　　那年的那场大地震夺去了印妮和印章父母的生命，只留下姐弟俩。当时，印妮十一岁，印章才五岁。震后，他们从山里的小镇到了千里之外的城市，被寄养在伯父家。

　　伯父家境一般，有一个比姐弟俩大几岁的女儿，叫印洁，当时正在上初中。或许是因为父母溺爱，抑或是青春期叛逆，印洁对突然冒出来的姐弟俩充满了防备，甚至含有敌意。她的房间不让进，她的东西不让碰，她的零食更是从来没有他俩的份儿。

　　印妮也只是个孩子，但从小就懂事，学习又好，小小年纪就帮着大人做家务，照顾弟弟。一家人的日子虽然不富裕，但其乐融融，姐弟俩每天都是开开心心的。不承想，那年五月，印妮的父亲身体不适在家休息，母亲也刚好回到家，不久就发生了大地震，房子瞬间就塌了，两个人全被埋在了下面。当时印妮在学校，印章在幼儿园，幸运地躲过了那场大灾难，却又不幸地成了孤儿。

看着面前的残垣断壁，听着四周的号哭，印妮站在倒了半边的家门前，望着父母的尸体被抬上担架，她没有像其他孩子一样，扑上去哭着不让离开，只是默默地牵着印章的小手，目送着载着父母的车离开，消失在一片废墟的尽头。

印妮仿佛在一瞬间长大了，泪水在她的眼眶里打转，但始终没有流下来。稚嫩的脸苍白无色，目光里却流露出了一份坚强。柔弱的身子在落日的余晖下，在地上被拉成了一条细细的长线，长线的旁边还有一个斜依的身影，就是印章。他正睁着黑亮亮的大眼睛，惶恐地望着眼前的景象，似乎还没明白到底发生了什么。

印妮知道，这个千里之外的家是陌生的，但也是她和弟弟的安身之地，自己还小，根本没有能力也不可能独自照顾好弟弟。寄人篱下的滋味犹如一味苦药，难以下咽，却也是一味良药，让印妮懂得了唯有自立才能活出尊严、唯有自强才能拥有未来。

印妮的隐忍和退让，让印洁好像找到了宣示主权地位和发泄旺盛精力的绝好机会，她变得更加肆无忌惮，整天想方设法地欺负印妮和印章。直到那一天，不知印洁又发什么神经，突然把一本厚厚的书砸在印章的小脑袋瓜上，几道殷红的鲜血从他的额头流了下来。印妮在弟弟委屈的痛哭声中彻底爆发了。

第二天，印妮带着印章毅然决然地离开了伯父家，来到城外的一座小镇，走进了当地的一家养老院。

她跪在院长秦虹面前，目光坚毅地说："院长，我知道您可能不会收留我们，但请给我一天的时间，我就会长大，带着弟弟活下去！"一句简单却直抵心窝子的话，让秦院长仿佛看到了年轻时的自己，顿时热泪盈眶，弯腰扶起娇小的印妮，怜爱又赞许地点了点头。

在三十多年前的那场大地震中，秦虹一夜之间失去了父母和两个弟弟。

那年，她十六岁。当她被人从废墟下救出来的时候，已经不知道自己身在何处，除了断壁残垣，就是人们绝望的哭声。

几十年过去了，秦虹时常还会从梦中惊醒，久远的过往就像昨天发生的事，投入她似水的内心，掀起一阵波澜，让她感叹着生命的脆弱、人生的无常，唯有执着前行才能不负上天护佑。

"孩子，我见过太多的生离死别、世间凄凉，但你的这句'给我一天的时间，我就会长大'，让我感动，也让我想起了很多往事。"

秦虹也是在那一天长大了。安排好亲人的后事后，她离开了已不复存在的家，来到南方打拼，后来成了当地有名的女企业家。让大家没有想到的是，这年的大地震发生后，秦虹捐出所有财产，一个人来到城外的一家养老院，毛遂自荐当了院长。不了解她的人都觉得她疯了，只有熟悉她的人理解她的想法——在生死面前，一切终究都是虚无的。

望着面前比自己当年还小的印妮，还有她一直牵着的印章，秦虹决定收留她们。她原本已经做好孤老此生的准备，不想上天还是安排自己和印家姐弟相遇。

"这或许就是上天给我的礼物吧！"秦虹对自己说。她似乎已经看到了印妮的未来，还有和自己并不相同的人生。

姐弟俩在养老院落了脚。印妮每天都会早早地爬起来，找能做的活儿干，忙完后就带着弟弟陪老人聊天说话。时间不长，他俩就成了老人跟前的"孙女孙子"，就像一家人。

这天，印妮正在食堂帮着阿姨打下手，秦虹走了进来，朝她笑着说："妮子，你到我这里来一下！"

"好的，秦院长。"印妮答应着，麻利地脱下围裙，跟着秦虹出了食堂，朝院长办公室走去。

"妮子，这里有两张表，你填一下。"秦虹坐下来，从抽屉里拿出两张纸递给印妮，和蔼地说道。

印妮没有说话，接过去低头看了一眼，先是一脸的惊喜，接着眼睛里就噙满了泪水，两条腿也弯了下去，显然是想跪下磕头。

"妮子，快起来！好孩子，快起来！"秦虹见状，赶忙扶住印妮，泪水早已模糊了双眼。

"谢谢秦院长！也代我弟弟谢谢您！"印妮朝秦虹深深地鞠了一躬，目光里闪着坚强。

印妮回到了学校，印章也上了幼儿园，一切好像都回到了一年前。但印妮清楚，她和弟弟的人生已经发生了改变，现在能做的就是让自己快快长大，带着弟弟去走一条无法预知结果的路，但一定是一条让自己变坚强、让自己变勇敢的路。

印妮望着街角的印章，最终做出了决定。她明白，这个决定将再次改变他们的人生，却是可以预知的未来。她现在要做的就是好好地把握，既不辜负秦院长的恩情，也描绘出属于他们自己的人生。

半年前，秦院长走了。临终前她把印妮叫到跟前，紧紧地握着她的手，目光里饱含着对他们的疼爱和不舍。很久之后，她才艰难地抬起早已骨瘦如柴的手，指了指床头放着的一个信封，朝印妮点了点。

"印妮，我要走了。走之前我想告诉你，当年留下你们，不仅仅是因为我们有着相同的经历，还有你弱小的肩膀支撑起的坚强和勇敢，你温顺的目光里流露出的果断和坚毅。你让我相信，你的执着和担当会帮助我去完成一个未能实现的梦想，而我能做的就是让你去实现这个梦想。我相信你一定不会拒绝，因为这也会是你的梦想。"

印妮读着秦院长的信，泪水从眼角落下，滴在信纸上慢慢地化开，仿佛一朵朵初春的梅花，绽放出傲然的身姿，散发出沁人心脾的暗香。她默默地折起信纸，想起那年就是在报纸上看到秦院长的事迹才去找她的。

现在，她要帮助秦院长去实现梦想。

印妮带着弟弟回到城里，开始了新的生活。这一年，她二十三岁，刚刚大学毕业，容颜美丽，却带着一份超越年龄的沉着；言辞冷静，露出一份已见阅历的睿智。认识她的人会不由得赞叹，更充满了好奇——这个年轻的女孩是如何拥有一家千万资产的公司的？

三年前，秦虹在印妮考上大学后重出江湖。她想给印妮一个机会，带她走得更远。她一步步地看着印妮从十来岁的孩子长成了大姑娘，带着弟弟坚强地活着，不自卑、不放弃，心态阳光，宛若一轮晨间的太阳，朝霞映色，描绘着自己美好的希望；又好像一颗夜空中的星星，点点闪烁，照亮着他人期冀的梦想。

印章也长大了。幼年时的那场灾难，在他的记忆里已经有点模糊，但余震的阴影一直追随着他。他变得很沉默。在学校，同学们常常看见他一个人待在操场边的那棵柏树下，就像那尊著名的雕像，永远在思考着什么。

印妮当然不想让弟弟成为一个自闭的男孩，她要把他从阴影中救出来，在阳光下成长。如果说，过去她只能保证印章不过忍饥挨饿的生活、保护他不受别人的欺负；现在她要做的就是让弟弟成为一个优秀的人，和其他男孩一样，可以大声地叫，也可以爽朗地笑；可以开心地玩游戏，也可以害羞地追女孩。

很快，她就发现印章每天放学回家，都会在街角的那家巧克力小铺前停留一会儿，神情陶醉，像是在欣赏精美的艺术品，完全没了往常的呆滞，就像是遇到了心仪的女孩，神情愉悦。

这天下班后，印妮推掉所有的应酬，早早地赶回家，准备了一桌子好吃的，她要给弟弟过个特别的生日。

"印章，今天是你的生日，这是姐姐给你买的生日礼物。"

"谢谢姐姐！"印章接过姐姐手中的礼盒。这是一个精美的盒子，浅蓝色的包装纸上系着一朵黄色的丝带花，恰似春天里绽放的梅花，娇艳欲滴。

"不打开看看是什么吗？"印妮柔声说道，带着一份浅浅的笑容。

"噢！"印章并没有注意到姐姐的表情，只是淡淡地应着，慢慢地撕开包装纸，打开一看，顿时愣住了，脸上随即露出惊喜的表情。

礼盒里全是巧克力，形态各异、五彩斑斓，就像一个个小精灵在眼前舞动，瞬间把他带进了一个梦幻般的世界。在那里，阳光明媚、花儿争艳，空气里弥漫着春天的馨香。他沐浴在阳光下，缕缕光线投在他的身上，勾勒出一圈金色的环影，仿若佛光赐福，瞬间有了一份灵动。

印妮望着弟弟，轻声问道："印章，能告诉我你为什么喜欢巧克力吗？"她的脑海里浮现出秦院长在信中提到的那个梦想。

"那年，当我从废墟里被救出来的时候，几近昏厥，有一个叔叔拿出一颗糖塞进了我的嘴里，那甜甜的味道让我终生难忘。后来的很多年，我一直在寻找那个味道，直到有一天我经过街上的一家巧克力小铺，突然想起那甜甜的味道，就买了些回来，闲下来的时候尝上一块，的确很好吃。一个月后的一天，我把最后一块放进了嘴里，一抹甜甜的味道滑入喉间，就是当年的那个味道。这一天，也是我和你们姐弟俩认识的那天。"信中说。

印妮想起了一部电影里的经典名句：生活就像一盒巧克力，你永远不知道下一颗是什么味道。想到这里，她的心里涌起一丝淡淡的思绪，又似乎想到了什么。

"巧克力很好吃，但不管是什么味道，总是要尝过才能知道，不是吗？"印章接过姐姐的话，低声说道，嘴角露出少有的微笑，正是阳光少年的模样。

"印章，你还小，先好好学习。等你长大了，就知道生活虽然有酸甜苦辣各种滋味，但最美好的味道还是甜的。"她温和地望着弟弟，神情一如当年的母亲。

"我知道的，姐姐。你尝尝，这一块一定是最甜的！"印章从盒子里挑出一块蓝色的花形巧克力递给印妮，调皮地说道。

"真好看！"印妮接过巧克力，凝视了片刻，慢慢地放入口中。

"真甜！"一股百合的清香在喉间荡漾，又缓缓地流进印妮的心田，柔滑如丝，似山间小溪，涓水潺潺。

"姐姐，我们回家吧！"印章轻声地说道。

"好，我们回家！"印妮没有丝毫的犹豫，仿佛就在等着他开口。

半年后，印妮将公司交给职业经理人打点，自己带着印章回到了家乡，在自家老屋的旧址上开了一间巧克力小铺，小铺的名字叫"秦印味道"。

每当有顾客问起名字的由来时，印妮就把她和弟弟的故事耐心地说一遍。说完之后，她总会有一种知足的感觉，就像吃了一颗甜甜的巧克力。

执 笔

药

　　卫婕妤站在湖边，蓝色的长款大衣包裹着她修长的身体，浅棕色的短发散乱地搭在肩头，蓬松的刘海下是叶眉翘睫，一双大大的眼睛，此时却暗淡无光，只有硕大的泪珠在眼眶里打转，顺着苍白的脸庞如雨帘般地滑落，聚在莲瓣似的颊边，似深秋晨露，冰若寒霜。

　　怎么会这样？怎么会这样？卫婕妤哽咽着。白色的高领羊绒衫勾勒出坚挺圆润的双峰，散发出无限的诱惑，让人根本无法忽视，此时又随着急促的呼吸起伏如浪，一次次地冲击着早已波涛汹涌的海滩，片刻间又退流而去，留下浪花点点。

　　离校的前一晚，漆黑的实验室里。窗外的月光洒进屋内，在地上投下一束明亮的光圈。光圈的边缘映出两个紧紧相拥的身影，仿佛一幅剪纸，双臂相扣、双唇相吻，在几乎静止的空气中荡出一波轻缓的涟漪……

　　卫婕妤和男友柏君的三年爱情长跑最终在一场初试的云雨中完成了情感的升华。男欢女爱的情欲炽热、你情我愿的身心合一，让她对两个人的未来充满了期待。男友在自己耳边的海誓山盟，让她相信执着的爱情可以冲破世俗的束缚和家庭的羁绊，无畏向前，彼此拥有，长相厮守，一如秦辞曰："死生契阔，与子成说。执子之手，与子偕老。"

　　"你说什么？你说他叫什么名字？哪里人？"

　　当父亲突然爆发出来的惊问像擂鼓似的冲进卫婕妤的耳朵里时，她被吓得全身止不住地颤抖着，莫名的害怕瞬间闯进她的脑海——父亲好像认识柏君或者他的家人。

　　柏君是校学生会主席。英俊潇洒、才华横溢的他，出身于当地的高干家庭。入学不久，就以一曲《回家》的萨克斯独奏，赢得了众女生的倾心仰慕。不论是在教室里，还是在操场上，凡是有他在的地方，就会有矜持女生的顾盼流连、芳心暗许，也有热情女孩的攀谈搭讪、频送秋波，成为校园里的一道风景。

很快，这道风景中有了新的画面。深秋时节，校园的百米情侣小路上出现了一对相依相偎的身影。随风落下的银杏叶铺满了地面，远远望去就像是一条金色的星光大道，阳光透过枝梢洒下来，投在他们的身上，仿若一幅梦幻般的光影画，凝固在此刻的时空里。

卫婕好，一个来自医学世家的美丽女孩，冰清玉洁、才貌双全。走在校园里，她是众男生注目仰视、私语相传的心动女孩，更有倾慕者递上"班姬续史之姿、谢庭咏雪之态"的古韵情诗，只求女神蓦然回眸，笑靥如花。

卫婕好和柏君的爱情成了校园里的又一幕新剧。观众们总喜欢议论男女主角的一举一动，言语中总有不经意间流露出来的羡慕和嫉妒。

但很快，他们的爱情就像影视剧里的故事，遇到了转折。在卫婕好和父亲的争吵中，她终于知道自己的爱情成了上一辈人情感纠葛的续集，也将成为一个没有结局，又是结局的故事。

卫子华翻开手机通信录，找到了那个从未打过的电话，犹豫了很久，拨了出去。

"喂，是子华吗？"几声铃响之后，耳边传来一个依旧熟悉的声音，优雅温和。

"是我。"他极力克制着自己的情绪，低沉地说，"你今天有时间见个面吗？"

"有什么事吗？"电话那头显然有点儿意外。

"是的。"他吞吞吐吐地说道，"电……电话里说不清楚……"

"可以，哪里见？"

"老地方吧！"

"好！"对方的声音似有惊喜。

毗邻大学东门的琴湖边有一家茶室，已经在那里很多年了。虽然重新装修过，但仍然保留着早年的古风雅意，仿佛时间停置在此，将身处其间的人们再次带回到那段情窦初开的岁月。

卫子华坐在临窗的方桌前，隔着赤木花窗，呆呆地望着窗外的那棵梧桐树。梧桐枝繁却叶疏，在冬日的寒风中，尽显萧瑟。

转眼二十多年过去了。那年，他在这里第一次遇到谭敏的时候，它还是一株柔弱的小树。树旁，一个美丽清纯的女孩坐在石椅上，手里捧着本小说静静地看着。午后的阳光越过茶室的屋檐照在她的身上，在地上印下一个精致的影子。那一刻，时间仿佛静止了，但女孩在时间静止前闯进了卫子华的心间，荡起阵阵涟漪。

"你，你说什么！"谭敏失声大叫道，"怎么会这样？"她的身子不停地颤抖着，化着淡妆的脸庞瞬间失了红润，泪水从隐见细纹的眼角涌出来，流过颊边。

谭敏怎么也没想到，自己的儿子会和卫子华的女儿谈恋爱。她不禁自问，这究竟是上天的玩笑还是命中的劫难。

二十多年前，谭敏在湖边的茶室遇到了卫子华，当时就被他温文尔雅的气质所吸引。虽然她极力克制着内心的激动，但当对方走近自己，看着他高高的个子、俊朗的五官、谦和的微笑，还是让她的心里像是揣进了一只小兔子，美丽的脸颊因为紧张而火热燃烧，眼神羞涩中带着期盼。

就这样，两个青春懵懂的年轻人在湖边相识、相知、相爱，直到在一个盛夏的夜晚，他们在湖边的林子深处完成了彼此的托付，身心交融中誓言从此"天地合，乃敢与君绝"。

然而，接下来发生的事，让他们的爱情变成了一个无法回避的选择。

当谭敏带着卫子华，满怀喜悦地回到老家，见到父母，一番客套之后，一个惊天响雷冷不丁地在他们的头顶上轰然炸开，一时不知自己身在何处，仿佛永隔天涯——两个人的父辈之间曾有一段难以回首的往事。

当年，卫子华的父亲在谭敏的老家当赤脚医生，和村里的一个姑娘相爱了。这一天，两个年轻人正在村外的小河边卿卿我我，享受爱情的甜蜜，有人跑过来说姑娘的父亲突然晕倒在地里。卫子华的父亲是医生，正是好好表现的机会，但结果却事与愿违，对方没有被救回来，而是死在了他的怀里。

可以想象，在当时的农村，这样的结果会给两个相爱的年轻人带来什么样的影响。

这个姑娘就是谭敏的小姑。

"子华，这该怎么办啊！"谭敏望着卫子华，焦急地问道。

因为父辈之间的事，卫子华和谭敏最终不得不屈服于世俗与偏见。十年前，谭敏回到了曾付出青春年华的城市。思虑再三后，她找到了卫子华，知道他也成了家，有了个女儿。多年的牵挂终于可以放下，她不用再为了曾经的分别，在夜深人静的时候仰望星空，思绪起伏。

"现在能做的就是告诉柏君，让孩子们自己去选择！"卫子华望着谭敏，冷静地说道，"我们已经经历过一次，不能让孩子们再经历了。"

虽然他一时无法接受上天对他们两代人的捉弄，但事后冷静下来，想到一对子女能够相爱，或许真的是上天有意的安排，让上一辈人的爱恨情仇就此画上句号，给下一代人一个新的开始。

"你能这样想，我真得很高兴。"谭敏温和地说道，目光里闪过一丝欣慰。眼前的这个男人虽然已年过半百，但饱经沧桑的脸上依旧能够看出年轻时的英朗，疲惫忧虑的眼睛里还有她熟悉的沉稳。

"时间原本就是一味最好的药。"卫子华望着谭敏。十年未见的她，脸上虽有细纹，但仍不失端庄，眉角和唇边还能看见初次遇见时的少女痕迹。

"没想到，我们最终成了亲家！"谭敏似有深意地笑道。

"也可以说是亲上加亲吧！"卫子华说道，心中已经释然。

烧饼铺

方娟是一个很好看的女人，瞅着也就二十五六的年纪，但实际上已经三十岁了，还是一个孩子的母亲。

"你没有想过离开吗？"方娟听到这句话时，对面站着一个中年男子。

为什么一定要硬撑呢？她想起他曾经问过的话，那是他三个月前说的。她当时没有说话。

这次方娟还是没有回答，只是朝他笑了笑。

为什么一定要硬撑呢？方娟也记不得有多少顾客问过同样的话了，她从来没有回答过。

"我不知道为什么……"她突然低声说道，声音就像一只苍蝇嗡嗡地飞过，然后不见了踪影。

"你说什么？"中年男子问，语气非常温柔。

"没，没什么……"方娟赶忙掩饰，心里紧张起来。

她不知道自己为什么会回答他，这是第一次。她也不知道自己为什么如此固执地拒绝别人的善意。

方娟来自西部的大山深处，得山水之育，十八岁时已出落得亭亭玉立，成了十里八乡的漂亮女孩。村里那个整天打扮得花枝招展的媒婆三天两头地跑到家里，和她的父母攀上大半天的话，唾沫星子直飞，话里话外无非是隔壁村的村主任说了，只要嫁给他儿子，就给她家一份大彩礼，把她家的房子重新盖了！但方娟知道村主任家的那个二十好几的儿子从小不学好，好吃懒做不说，还常常在村里调戏妇女。还有就是镇上最有钱的那个老板说了，只要给他家当儿媳妇，就把她全家接到镇上，给她家盖新房、转户口！但方娟清楚这个老板的儿子智力有问题，小时候发高烧没人管，脑子给烧坏了，三十多岁了还数不清十个数。

也有村里乡里的年轻小伙子上赶着，满心想着娶她回家，不仅脸上有光，听说她还是持家的一把好手。虽说田里的活儿不行，但现在的日子好过了，不指望她下地干活儿，只要白天养好鸡、喂好猪，晚上和自己睡在一起，再生个一男半女就行了。

方娟却有自己的想法。她不想被困在家里当个小村妇，平平淡淡地过完这辈子。她想走出大山，虽说没有考上大学，但她的眼光早就越过大山的阻隔，到了千里之外的繁华都市。她的心更是在高中的时候，被一个来自城里的男孩所吸引，也成了她决意走出去的强大动力。

她永远不会忘记高一那年，当男孩走进教室，所有人的目光都投向了他。这是一个青春阳光的男孩，高高的个子、俊朗的五官，还有那双黑亮的大眼睛，看上去有点紧张，但充满了少年的活力。

那一瞬间，方娟感觉自己的心跳得厉害，脸上滚烫滚烫的。她羞涩地低下头，紧紧地搓抹着纤细的手指，脑子里悄然闪过一幅阳光明媚、溪流潺潺的美丽风景——一对相依相偎的情侣，走在夕阳下，在地上投下两道长长的身影。

男孩来自山外的大城市，跟着支援西部开发的父亲来到方娟的家乡。这是男孩告诉她的。他被老师安排和方娟做了同桌。男孩说是自己要跟着父亲来的，他的母亲不同意，父亲却理解儿子的想法，知道这对孩子来说是一次难得的经历。父子俩达成了一致，最终说服他的母亲，来到了千里之外的大山里。

绝美的山里风光、纯朴的山里人家，让打小生活在城里的男孩觉得新奇。他的见识、他的朝气，也让他很快就成了大家的焦点，不论走到哪里都会被一帮男生围着，听他描绘外面的精彩世界；随时有一群女生远远地站着，眼睛里洋溢着崇拜的光芒，就好像遇到了自己喜欢的影视明星。

男孩自然感受到了被欣赏、被追捧的满足，沉醉在众星捧月的得意中。方娟是近水楼台先得月，两个人很快就成了无话不谈的好朋友。在男孩的眼里，同桌有着自然的美丽、天生的乐观，在她的身上完全看不到城里女孩的做作和矫情，时时带给他青春的喜悦。

"我在千里之外等你！"

"你等我！"

这是高中毕业时方娟和男孩站在学校后面的山坡上，面对碧空云天、峦山郁林的盛夏美景，说给对方的话。一对少男少女终于敞开心扉，相拥相吻于山水之间。

男孩回了城，方娟高考却落了榜。最初的大半年，两个人保持着密切的联系，电话里的浓情蜜意、男孩的山盟海誓，激起了她追求爱情的勇气。她不顾父母的劝阻，只身一人来到了男孩的城市。

站在繁华热闹的都市街头，方娟一时心慌无措。看到的是高楼林立、车流溪溪，听到的是人声鼎沸、车声鸣鸣，山里来的女孩被吓住了。但一想到那个萦绕在梦里的男孩，她又有了力量——只要有他在，一切都是美好的。她相信自己的选择，就如同相信她和他的爱情。

然而，懵懂的爱情终究抵不过世俗的现实，梦总有醒来的一天。当方娟知道自己怀了孕，又是惊喜又是紧张，立马打电话想告诉男孩，但对方却关了机。再一想两个人已有半个多月没见，男孩总是说自己的课程紧，她感到了莫名的不安——争吵、冷战，过去的很多情景清晰地展开，最终停在了一幅熟悉的画面上——一对年轻人在夕阳下相拥相吻，只是那个女孩不是她。

几年后。

方娟没有回到大山里。在熬过最初的痛苦之后，与生俱来的坚韧，如同千万年来屹立在家乡的山川，让她挥走伤心的情绪，开始了在城里的闯荡。最开始的艰难是无法用语言和文字描述的，但她顽强地挺了过来，也收获了真正属于她的爱情。

就在方娟满心满意地准备和深爱她的男人共度余生的时候，一场车祸夺去了未婚夫的生命，她也失去了双腿。不久，她发现自己又怀孕了。

"你就没想过离开吗？"中年男子问。

这天他比以往来得更早了。当方娟坐着轮椅，拉开烧饼铺的门时，看见中年男子已经等在了门口。见到他，她心里不知为何突然涌上一种感觉——如释重负的轻松，甚至有了隐约可见的高兴。

天还是黑的，小城还在沉睡中。

"现在没人，我们聊聊吧！"中年男子边说边帮方娟收拾起铺子。

"噢……"方娟下意识地应了一声，不知所措地搓着自己的手，目光停在了他的脸上。

这还是方娟第一次认真地瞅着对方。眼前的男人，约莫四十岁的年纪，五官端正。可以想象他年轻时应该是个充满魅力的男人，尤其是浅眉下的那双眼睛里，带着丝丝温暖。一瞬间，她觉得自己以前曾见过他。

"那是三年前……"方娟低声说道。

方娟绝望了，想到了死。她说到底只是一个山里来的女子，纯朴善良，雄伟的大山并没有教会她如何面对未婚夫的突然离去，也没有告诉她该怎样面对尚在腹中的小生命。唯一能让她想到的就是追随爱人的脚步，在天堂相见，一家人永远在一起。

深夜，方娟一个人来到湖边。这是这座城市最美的地方，也是她最喜欢的地方。一汪湖水，在一轮皓月的映照下波光粼粼、涟漪起伏，湖边柳枝飘曳、叶尖探水，水面宛若明镜。曾经，她和那个初恋男孩在这里相拥相依、窃窃私语；曾经，她和未婚夫在这里相偎相吻、两情相悦。然而，人生多舛，她没能守住初恋，也未能等到婚姻。

方娟凝视着夜幕下的湖水，轻轻拭去眼角的泪珠，双手最后一次抚过渐渐隆起的腹部，慢慢地闭上了眼睛，纵起一袭白色长裙的身体，朝湖里跃去……

"姑娘，姑娘……"

她依稀听到身后传来几声急急的大喊，然后就是扑通一声……

当方娟醒来时，发现自己躺在了医院里。她隐约记得，当时是一个中年男子的声音。

"那后来呢？"中年男子望着她，脑子里浮现出三年前的那个晚上。

那天，他走到湖边。天色已晚，水面在月色下映出波动的光泽，荡出一丝寂寥，带着凄凉，正合了他的心绪——一个月前他的儿子遇车祸离开了人世，他的世界轰然塌了大半边。已是不惑有余、人生近半，本没有太多的期许，只希望子女能够成家立业，延续香火，结果上天有意报应他年轻时的不羁，最终还给他一个这样的因果。

不远处，有一个人坐在湖边，像是个女人。他不由得一惊，似乎预感到了什么，本能地加快了脚步，还没跑两步，就见那个身影突然向前一跃，落到了水里。他高声喊着，跨出几步，纵身跳进湖中……

"后来你没有找过那个救命恩人吗？"中年男子似是好奇地问。

"找过，也问过医生，说是他把我送到医院就走了。"方娟幽幽地答道。

此时，她好像意识到了什么，甚至产生了错觉——自己正躺在未婚夫的怀里，幸福地憧憬着两个人的美好生活。

她决定为了孩子活下去。

随后的几年，她坐着轮椅，撑着拐杖，在这座没有依靠的城市里艰难地生存着，为了孩子的奶粉钱，她收过废品，发过宣传单，但因为没有一技在身，赚钱很是辛苦，只够勉强度日。她不是没有想过带孩子回老家，但她想给孩子一个好的未来。

"儿子生病了……"方娟犹豫着，还是回答了对方问过多次的话，泪水止不住地流出眼角，顺着她秀美的脸颊流淌。面对眼前这个大上自己十来岁的男人，她倒有了和他好好说说话的念头，心里甚至涌出一份想有个家的奢望。

"跟我回家吧！"

中年男子打开鼓风机，烧饼炉里窜起一团火苗。火苗中映出一个美丽的容颜,很像他过世多年的妻子。

当年他没等她醒来就离开了,这些年他一直在找她。功夫不负有心人,他走遍了整座城市,终于在街角的这家烧饼铺找到了她。

"你就是当年救我的那个人吧!"方娟在案板上和着面,轻声地说道。

"是的!当年我救了你,却没有保护好你!"中年男子站在方娟面前,伸手替她理了理腰间的围裙,"现在,我又找到了你,这是上天安排好的!"

"谢谢你救了我,"方娟将揉好的烧饼放进炉子,整整齐齐地贴在炉壁上,"让我知道活着就有希望。"

炉火很旺,就像此时她的内心。

龙　票

　　龙亦宁十来岁的时候，有一天发现父亲在院角的小平房里待了整整一天一夜没有出来。他很好奇，父亲以前也常常躲在小屋里，灯一亮就是一宿，神神秘秘的，不知道在干什么。夜里，微弱的光线透过厚厚的棉布帘子的缝隙，落在窗前的青石地上，透着冷意。

　　有一次，龙亦宁实在没耐住，趁父亲熟睡的时候，把他白天挂在腰间从不离身、晚上压在枕头底下的钥匙偷了出来，悄悄地溜进了小平房。

　　小屋里空荡荡的，只有一个不大的木头架子靠在斑驳的墙角，上面横七竖八地放着几十本书，都是些四书五经之类的线装古籍，书角卷了边，落着一层灰。书架边上搁着一张暗红色的老式书桌，桌上摆着一盏铜柱布罩的台灯，底座上放着一块放大镜和一把镊子。桌前是一把米黄色的藤椅，椅背扶手的藤条断开处用红蓝色的线缝着。

　　龙亦宁东瞅瞅、西望望，实在没有瞧见有什么好玩的东西。他搞不明白，自家的这个小破屋，为什么父亲从来就不让他进。他的目光停在书桌中间的抽屉上，犹豫了半天，还是没敢动。

　　他知道父亲是个沉默寡言的人，平日里一整天都听不到他说上几句话，见到陌生人甚至还有点紧张；也很少看见他到邻居家串门，聊胡同里的家长里短，吹时下的国家大事。按照隔壁老伯的说法，父亲完全没有皇城根儿下北京人的范儿。

　　龙亦宁倒能理解。他自小和父亲相依为命，母亲在他还小的时候就离开了家，没了音信。十岁的时候，父亲把母亲的身世告诉了他，母亲家的祖上是个大家族，后来没落了。

　　龙亦宁的太姥爷虽是富家公子，但生性淡泊，好个琴棋书画、古董文玩。无奈时局动荡，他目睹乱世纷争，便遣散了家丁仆人，把城里的老宅卖了换成金条，在城外置了几间房子和二十亩薄田，雇了个庄子上的老把式帮着打理。而原来的不少古玩也被他忍痛割爱卖掉，只留了一些好收藏的小件，闲来时有个把玩。

时间过得很快，龙亦宁的姥姥在农家小院度过了她的少女时代。因为太姥爷开明通达，龙亦宁的姥姥自小养成了活泼外向的性格，甚至比男孩子还要调皮，和庄子上的小伙伴一起上山捉鸟、下河捞鱼，无忧无虑的。直到十八岁那年，她遇到了一个过路的年轻人，他就是龙亦宁的姥爷，一个革命者。很快，两个年轻人就离开了家，不知了去向。

几年后，龙亦宁的太姥爷没有等来女儿女婿，却等来了他的外孙女，也是龙亦宁的母亲。龙亦宁从父亲那里听到的是，姥姥姥爷先是辗转国内，后来又去了国外。为了全身心地投入革命，他们把年幼的母亲送到太姥爷的身边，从此十余年没有任何音信。直到太姥爷花甲之时才知道女儿女婿在抗日战争时被日军杀害，壮烈牺牲了。

龙亦宁的母亲自幼聪慧温顺，太姥爷又言传身教，小小年纪便精通琴棋书画，亦知四书五经，后又被送到新式学堂学习，举止端庄、大方自若。在庄户街坊的眼里，她就是天女下凡，尚未及笄已有上门提亲者，但全被太姥爷婉言拒绝了。

他有顾虑，就是自家院子后的密室里藏的十余幅名家字画和几十件古董，还有清朝的第一套邮票——被后来的邮藏界视为稀世绝品的"龙票"。他没想到，这些邮票不比字画文玩差，不光价值连城，研究价值更大，其中还有几张"宝塔"和"万年有象"。

龙亦宁的太姥爷不是贪财之人，收藏字画文玩也纯属爱好。他知道自己年事已高，这些宝贝自然是留给外孙女的，但他担心未来的外孙女婿贪心，将这些宝贝卖了。这不是他的本意，也是他最不愿意看到的结局。他想给外孙女找个称心的归宿，也给他的宝贝找个安命之所。

事实上他已经有了目标——在当地小学当老师的一个年轻小伙子。小伙子一表人才，性情平和，曾在北京大学念书。一次偶然的机会，年轻人路过家里讨水歇脚，太姥爷和他一见如故，相聊甚欢，成了忘年交。

这个年轻人就是龙亦宁的父亲。有了太姥爷的首肯，两个年轻人很快就喜结连理。再后来，太姥爷将他珍藏了一辈子的名人书画和古董文玩全部捐给了国家，只留下了那些老邮票作为礼物，传给了龙亦宁的母亲。

龙亦宁三四岁的时候，他的母亲不知为何突然离开了家。

多年后，在龙亦宁结婚前的一天，当他的父亲把精心保管，辗转收藏的邮册交给他，完成家族传承的时候，他才从父亲的叙述中完完整整地知道了母亲和姥姥家的真正家史。

原来，龙亦宁的太姥爷是清朝王爷，他的母亲是格格。为了寻找父母曾经走过的足迹，他的母亲去了白云黑土的东北，实地调查、潜心研究清朝历史，走遍了后金起源、发展、龙兴之地，并在努尔哈赤起兵的赫图阿拉找到了她父母牺牲的地方。一番考证之后，她以《一个皇家格格的抗日之路》为题著书，以小见大，详细论述了国家独立和民族复兴的必然性。

问

  季云手里拿着一张浅黄色的信笺，默默地站在石阶上。他低头看了看纸上的字，又抬头望了望跟前的院子，年轻阳光的脸上露出沉思的表情。

  这是一张手写的信笺。上面的字都是竖着写的，十分工整，一笔一画都透着锋力，细看上去颇有书法大家的味道。

  这里是城外南山脚下的弘学书院。书院早已没了书声。石台上的院子显得很破旧，檐梁上赭红色的木漆斑驳脱落，门窗也已开裂微斜，满眼都是岁月的留痕。只在院子的角落里扔着几张缺了腿的书案，仿佛在告诉前来的人，这里曾是读书之地。

  书中自有悟道处，何必在意书外事。

  季云自然明白信笺上的意思。他又一次环视着书院。书院不大，是一个北方四合院的布局。两边各有一排侧屋，建有长廊。院子中间立着一尊石砌的八角台。石台的后面是九级石阶，石阶之上就是正院。

  弘学书院相传始建于东晋初。当时，大批北方士族南渡，很多人不愿入仕，专心学问，其中有大家开设书院，授业解惑，渐渐地成了气候。其中最有名的就是弘学书院，主持书院的山长叫司马书，相传是晋帝之子，他无意朝堂，只潜心读书。

  持院期间，司马书还开设学堂，召集山下村民子弟，教授四书五经。时间长了，便有了"弘学书师"之誉，名声传到建康，晋帝亲临书院，在院内听书论文三日，弘扬学问，弘学书院终成东晋名院。

  时光荏苒，岁月蹉跎，千百年皆是春秋。弘学书院在经历了朝代变迁和世事沉浮之后，最终消弭于岁月的流逝中。

  到了二十世纪初，时局动荡，百姓生活艰难。无数文人学士心系家国命运，或著书立说，或投笔从戎，立志挽救中华民族于水深火热中。

其中就有后来被大家誉为"江左弘学"的文宁晨。

文宁晨的祖上是名门望族，其祖父文枚是儒学大家，经史子集无一不晓，兼通释道。他一生授业解惑、注释春秋，成就文家书香门风。文宁晨的父亲更是淡泊名利，与世无争，终日守在家族那三尺私塾里，教授族内和邻家的孩童学习《三字经》。后新学起，私塾没了束脩，他也不抱怨，每日捧着本线装古籍，帮左邻右舍写写家信、解解困惑，大家都亲切地称他"文先生"。直到那年，他把年少的文宁晨带到城外的南山。

在山脚下，文宁晨看到了一个残垣断壁的院子，门墙上的石匾上写着"弘学书院"四个字。

"宁晨，我们就从这里开始吧！"

文宁晨一时没有明白父亲的意思，他傻傻地望着眼前的败象，心里充满了好奇和不解。

半年后，弘学书院重新开院。

书院不仅教授学问，也开设粥铺，救济附近难民，并立医馆，请良医问诊治病，救死扶伤。时间长了，弘学书院的善心德行口口相传，又恢复了曾经的声誉。

而这一切，源自文宁晨的父亲和上海巨商季天成之间的交集。

半年前，上海巨商季天成携家母妻儿回乡祭祖，路过南山，不想遇到土匪劫财。危急之时，文宁晨的父亲刚好经过。他虽是读书人，却有正义感，立马挺身而出。

一帮土匪见是读书人，自然不放在眼里。但文先生当面提到了一个人，土匪们一听，顿时没了嚣张气焰，拱手将他和季天成一家礼送出山。

文宁晨父亲提到的人，是明成寺的主持明信大师。

明成寺是千年古寺，住持者皆为佛家名僧，他们弘扬佛法，又普度众生，在方圆百里声望极高。季天成原也打算去拜访，不想自己的救命恩人与明信大师是至交，这倒是坏事变成了好事。

明成寺。季天成拈香叩拜于佛祖前，乞世上太平、生意兴隆、家族富贵、子嗣繁盛，后又想捐万金扩建寺院、重塑金佛，却被明信大师婉言谢绝。

大师言道："金值千贯，终不及万民之食；银有百钱，尚不如民众之智。"他让季天成帮助重修弘学书院，并请文宁晨的父亲出任书院的院长。

季天成敬服，花重金重修弘学书院。

又过了几年，季天成闻文先生病重，亲往探望，但未能见上最后一面。好在文先生并没有忘记他，留下一封书信。

信中写道："商，于家有利，于国少益；书，于家少利，于国多益。观天下古今，家国原本一体，国贫家瘠，国富家盛。商者，利字首之；书者，亦是国之根基。"

文先生在信中建议季天成从儿辈起弃商从文，称此举可延续季氏荣耀。季天成虽有犹豫，但因是恩人所言，一番斟酌后，他让十岁的小儿子从文，让大儿子从商。

一晃又是十多年，季家的生意在经历了起起伏伏之后，最终湮灭在时代的车轮中。已近垂暮的季天成也终于读懂了文先生的生前所言，对他的预知和远视深感敬佩，弥留之际给大儿子写下四字遗训——书香传家。

季天成的大儿子季家明从小受家族精心培养，具有生意人的所有特质——敏锐的洞察力、果敢的决策力，加上超强的交际能力和谈判技巧，早年在上海滩就有"季家少掌柜"之名，生意做得风生水起。当父亲有意退出商界并让弟弟从文时，他从心里是反对的。在他的认知里，金钱才是最有现实价值的，是世上衡量地位、名誉、权势的根本，至少在他的眼中，是家族的富有，才让他在上海滩的名利场上占有了一席之地。

然而，随着时间的流逝、世事的变迁，季家明也不得不屈服于现实的挤压，渐渐明白了文先生的真言和父亲的抉择，最终决意遵从父亲遗训，以书香持家，延续季家荣耀。

这一日，季家两兄弟无意间又聊起了父亲曾经的往事，季家明提出去弘学书院看看。弟弟季家言带上了孙子季云。季云正在上高三,早就听过祖爷的故事,自然也有兴趣。

南山。春意正浓,云霞映晚,弘学书院静静地卧在山林之间,静谧悠远。

季家明一行人站在书院门前,凝望着大门两侧的对联。

对联上写着:览读诗书方可见,阅尽人生亦可书。

再看门墙的石匾上,依旧是千年之前的"弘学书院"四个字。

匾

司马文杰站在学校门口，静静地望着学校的大门。

这是一个看起来普通得不能再普通的校门，四根方形的水泥柱子毫无生机地杵在那里，隔出一大两小的铁门。大门头上搭着一条长长的石头横梁，梁的中间嵌了一块石匾，刻着四个正楷大字——宁静致远。

酷热的夏天，太阳火辣辣地照下来，直射在灰秃秃的水泥柱子上，晃得人眼睛都睁不开。大门边种着几棵槐树，看上去有些年头儿了，粗粗的树干枝繁叶茂，只是纹丝不动，仿佛被定格在了某个特定的时刻。树下倒是留了些不大不小的阴影，给坑洼不平的碎石路画上了几块形状不一的斑驳图案。

司马文杰似乎并不在意这炎炎的烈日，还是一动不动地站在校门口的太阳底下。他上身穿着一件泛旧的海军衫，前胸后背都湿透了，皱巴巴的。下身是肥肥的裤子，打着几块补丁，裤腿卷到了膝盖，露出细细的小腿肚子。脚上踏着一双棕色的塑料凉鞋，左脚的鞋面上岔了个口子，用线缝着。

他神情严肃，额头的汗汇成了细长的溪流，顺着眉睫，淌过眼角，又沿着鼻梁和脸颊流到下巴上，少顷又变成了晶莹的汗珠子，一滴滴地从下巴上掉下去。

这是二十世纪五十年代末的一天，原本和往常没有什么不同。但对司马文杰来说，这天却显得意义非凡——他又回到了学校，继续学业。这之前，他在离县城几十里地的家里整整劳作了一整年，才和一家老小攒下了几块钱，给他当了生活费。

他很清楚，这几块钱实际上是全家人的救命钱，被他拿来当了完成学业、追求梦想的救命稻草。说到底，他是在拿一家人的活口，给他那说不清、道不明的未来当赌注。

这不是自私，又是什么呢？

但是，当他又一次站在校门口，一直在心里激烈抗争的纠结和愧疚，瞬间被当头的烈日蒸发掉了，只剩下"风萧萧兮易水寒，壮士一去兮不复还"的悲壮与决绝。

司马文杰十六岁了，已是半大小子，在村里算得上壮劳力了。如果在家老实务农，也能挣个满工分，一年下来能帮着解决一家的口粮，贴补一下家用，还些陈年旧债。

但他不愿意，更不甘心。他从书本里看到了外面的世界，远比村里的田间地头、鸡鸣犬吠更加精彩。他想离开家，改变自己的命运，让一家人摆脱面朝黄土背朝天的贫穷。而要改变命运，对祖上几辈都是穷苦农民的司马文杰来说，读书是唯一可行的路。

面对父亲的两难和大哥的抱怨，想着年幼的妹妹也要下田拾穗捡柴、上山挑水摘菜，一番痛苦的自责之后，司马文杰还是从母亲的手中接过了那几张浸透了全家人汗水的钱，义无反顾地出了家门，留给父母和兄弟姐妹一个瘦弱却坚毅的背影。

不知道站了多久，司马文杰终于动了动身子，用手擦了擦额头上的汗，抬起酸胀的双腿，满怀期待又心怀忐忑地向校园里走去。

在大门的那一边，有他已略感陌生的教室、不太熟悉的同学，还有他一直念念不忘的校园西南角的小花园。

记忆中，小花园不大却十分的精致，有亭有廊、有石有水。曲廊边柳梢点水、竹叶骑风；角亭旁溪水流觞、形石相叠。四季不同色、朝夕不同景，春有风、夏有蝉、秋有霜、冬有雪，极具雅趣。

特别让他驻足流连的，是那方撮角小亭。黑瓦翘檐、圆柱连凳，倚廊旁竹、跳石拘水，尽显江南之风。黝黑的亭柱上嵌着一副楹联，黑底黄字、魏碑繁体，上联是"日见江左钟山春"，下联是"夜梦河间雍门雪"，亭匾题有"书写春秋"四个字。

司马文杰还小，不能完全理解其中的意义，但他喜欢一个人静静地站在亭子前，任思绪飞扬。晨曦晚霞中，他孤独的背影犹如一尊石雕，在无言却似有声的角亭前走过春夏秋冬。直到他不得不离开，带着对前途的未知和恐惧，最后一次扫过小花园的角角落落，目光停留在楹联上。

五年后。

当司马文杰回到学校，再次走进小花园时，他看到的却是另一番景象。原本诗情画意的亭廊石水不见了，取而代之的是一大片半个人高的荒草地。撮角小亭也没了踪影，只剩下残缺的石凳，上面搁着脏兮兮的锅碗瓢盆，还有扔在墙边的碎了的檐角黑瓦片；长廊同样成了残垣断壁，叠石理水的小溪还在，却变成了黑水沟，水面上漂着一层枯枝烂叶，发出一阵腥臭味；园子里的那些春吹夏扬、秋落冬枯的柳树、柏树、桂花树，只剩下寸把高的树墩子，裸露的年轮仿佛在诉说着岁月的漫长流逝。

司马文杰呆呆地站着，没了思绪。眼前的小花园似乎已经被世人遗忘，抑或也有人故意留下曾经的痕迹，只为提醒时代变迁中的得失。

他环视着四周，像是在寻找什么。眼前一片废墟、杂草丛生，就像地震过后的满目疮痍，被永远遗弃在了这里。他眉头紧锁、神情悲凉，小心翼翼地找着下脚的地方，朝角亭的位置走去。

在一堆杂木前，他停住了，弯下腰捡起一根细长的木棍，在杂木堆里使劲扒拉了好一会儿，用力扯出一块黑色的木板。这是角亭的匾额，只剩下小半截了，沾满了泥土，依稀能瞧出上面有一个"书"字。

司马文杰盯着手上的亭匾，眼睛发酸。

司马文杰艰难地读完了初中，最后还是回到村里当起了农民，每天日出而作、日落而息，虽然挣到了那几个可怜的工分，却依然没能改变一家人的贫穷，反而多了一张吃饭的嘴。父母亲并没有说什么，但兄嫂的抱怨还是从不隔音的茅草屋里传进了他的耳朵。

他开始思考今后的路，最后又一次毅然决然地离开了家，再一次将他的背影甩给了两难的父母和愤怒的兄嫂。只有妹妹在他走出村口时气喘吁吁地追上来，硬塞给他几个煮熟的鸡蛋，微笑着目送他踏上了一条不知未来的人生道路。

结果，一路走来，曾经坚持的理想和勇气，在经过无数的挫折之后，还是被残酷的现实剥掉了外在的光鲜，只剩下些许可怜的自尊维系着他的呼吸，直到精疲力竭。他终于明白，外面的世界，远没有那么美好。

司马文杰捧着匾额，瞅了瞅上面的"书"字，想起学校大门石匾上的四个字——宁静致远。

此时，他对这几个字有了真切的感悟。

故乡我在

飞机开始降落，唐天透过舷窗往外看。天上的云不多，像几床晒在天上的棉被。一条长长的大江在阳光下尽情地舒展着身躯，像极了游弋在大地上的巨龙。江面上波光粼粼，如同亮闪闪的鳞片，又像是挂在大江身上的一枚枚勋章，表彰其五千年来护佑中华大地的丰功伟绩。

大江的两岸是一座很大的城市。城市里高楼林立、车水马龙，就像一盘流动的棋，一招一式皆有章法，井井有条，彰显出执子者的眼界和魄力。

在左角的星位上，有一片白墙黛瓦的庭院，天女散花般错落有致，周围是绿油油的稻田，阡陌间点缀着大大小小的池塘，宛若晶莹剔透的蓝宝石，熠熠生辉。

城市的不远处出现了一只巨大的、橘红色的大海星。在大海星的旁边，不知道是什么动物刚刚经过，留下两条长长的、笔直的印痕，还有几只大蜻蜓在上面画圈飞舞。

飞机像蜻蜓一样，华丽地展开大翅膀，稳稳地落了地，又沿着长长的跑道来了个利剑入鞘，直到尽头才慢下来，掉转身子滑行了一段，停在廊桥口。

唐天走过廊桥，进了机场的大厅。大厅里人潮涌动，他们拖着行李背着包，有说有笑的，就像是在参加一场盛大的庆典。

"这机场真大啊！"唐天想到刚才在天上看到的大海星，"可比我们那里的大多了！"他不由得感叹了一句。

唐天出生在国外，今年十八岁。这是他第一次回国。

"孩子，我们的根在中国，在江边的一座小城里。"他想起父母说了一辈子的话，还有他们提到故乡时那饱含泪水的眼睛，眼神里全是久久的期待。

二十世纪七十年代，唐天的父母跟着家人，漂洋过海到异国他乡谋生计，再未回来过。

执 笔

"孩子,我们的根在中国,在江边的一座小城里。"唐天的爷爷临终前说,"你们一定要回去,那里才是我们的家!"他那黯然失色的眼睛里闪过最后一道光芒,永远地闭上了。

唐天对故乡没有任何概念,只是从父母那里看过一张泛黄的照片。照片上有一条大河,河边搭着几间茅草屋,屋前或坐或站着几个人。

唐天出了候机大厅,坐上了一辆出租车。车子在机场左转右拐、上上下下走了好几分钟,最后上了高架桥,向市里疾驰。

"这位小兄弟,是第一次来这里?"司机透过后视镜见唐天东张西望的,随口问道。

唐天看着窗外的风景,心里有些忐忑,听见师傅问他,下意识地"啊"了一声,没再接话。

司机又瞅了瞅唐天,脑海里突然闪过一个念头,就像一道闪电刺进尘封的记忆,打开了一段久远的往事。

那年,唐军没有和家里人说一声就离开了家,独自一人爬上南下的火车。他想去香港,村里人说他的舅舅在那里。他一路乞讨,历尽千辛万苦,终于到了南方,但他没能去香港,而是在一个偏远的小山村落了脚。在那里,他结了婚,生了子,等他带着妻儿回到老家时,发现家里已经没了人。村里人说,他走了没多久,他爸也带着他妈和弟弟离开了,一直就没回来过。

"这位小兄弟,你是从国外回来的吧?"唐军试探地问道,不时朝后视镜中的唐天瞅上两眼,似乎想在他的脸上寻找着什么。

"啊,嗯!"唐天侧着脸,望着窗外一闪而过的护路林,还有巨大的广告牌,心里有些沉重,又带着些好奇。

一场龙卷风过后,家没了,爷爷和父母苦心经营、拼了大半辈子的中餐馆也被水冲垮了。当唐天在医院找到父母的时候,看到的只有妈妈冰冷的身子,还有奄奄一息的爸爸。

"小天,等你长大了……长大了,就回去吧!"这是父亲留给唐天的最后一句话。他知道,那个回去的地方,在中国,在江边上。

唐天在孤儿院里一天天长大,慢慢地忘掉了父亲的话。小时候,他曾问过他们,为什么不回去,他们没有回答。现在他们已不在人世,他也永远不会知道答案了。

十年前,唐军从南方回到了老家。按他的说法,这是落叶归根。他还有一个想法,就是家不能没了——万一父母还有弟弟回来,找不着家可怎么办——他坚信,他们一定会回来的!

唐军看着后排的小伙子,头脑里浮现出弟弟唐兵的模样。虽然好多年过去了,但他依稀还记得,弟弟和这个年轻人有点像。

"小兄弟,你是来出差还是旅游的?"他打问道。

"我是来,来……"唐天一时不知怎么回答,支吾着。

"来探亲的?"唐军接上话。

"是,是,也不是……"唐天望了一眼司机,虽然看不到脸,但从侧面看,眉毛很浓很黑,让他想起了自己的父亲。

出租车在高速上飞快地向前行驶。不远的地方,几幢现代化的高楼矗立在路边,蓝黑色的幕墙在阳光下反射出一道道光线,投到路面上,汽车从光线中穿过,迸出一个个亮眼的光点,像一颗颗晶莹剔透的珍珠,跳跃在笔直的大道上。

这就是爸妈日思夜想的故乡?唐天在心里嘀咕着,他们不是说故乡是江边的一座小小的县城吗?他四处看着,有些不相信自己的眼睛。

"小兄弟,我看你好像有心事。"唐军关心地问道,心里头涌出一丝说不上来的感觉——身后这个小伙子,似乎和自己有一种无法言明的缘分。

"师傅,你一直生活在这里吗?"唐天想了想,"我是说,你,你能帮我个忙吗?"他犹豫道。

"当然可以啊!"唐军见小伙子请他帮忙,求之不得,连忙应道,"我也不是一直在这里。但这里是我的老家,我是十几年前回来的。"他继续说,

执 笔

"算是叶落归根吧！"他打开了话头。

"哦！"唐天应了一声。

"小兄弟，你是来寻根的吧？"唐军问，"我对这里还是很熟悉的。"他解释着，又似乎在自言自语。

"是，是我父母让我回来的。"唐天盯着窗外繁华的街道和熙熙攘攘的人群，心情好了许多，"他们说这里是我的故乡。"他主动说道。

唐军的心不禁一抖，像是被什么东西击中了，弟弟唐兵的身影跳进脑海，和身后的小伙子重合在一起，无比清晰、熟悉。

"那，那你知道他们说的地方吗？"唐军问，眼前出现了一幅从未忘记的画面——江边上，立着几间茅草屋。屋前，父母坐在凳子上，他和弟弟站在后面。江水在阳光下缓缓地流淌，发出无声的叹息。

"我父母说，是在江边上。"唐天回答着，从包里拿出那张泛黄的照片瞅了一眼，递到唐军面前，说，"就是这里。"

车子猛地停住了。唐天的身子向前一冲，双手本能地撑在座位背上，头差点砸到唐军的肩膀，眼前也模糊了……

"你，你……"唐军转过身，眼睛直直地盯着受到惊吓的唐天，"你是……你是……"他感觉自己的心都停了，话也说不出来了，"你是，你是谁？谁？"他急急地追问道。

十字路口，唐军的车堵住了路，后面的车不知道发生了什么，使劲摁着喇叭。

"师傅，师傅……"唐天缓过神来，望了望车外，又回过头，紧张地喊道。

"你，你父亲叫，叫什么？"唐军已经顾不上危险，一只手死死地抓住唐天的肩头，好像生怕他跳车似的。

"我，我父亲，叫，叫唐兵。"唐天脱口而出，想起小时候曾听父亲提过老家有个哥哥没找到。

江边，一片白墙黛瓦的小院子整齐地排列在碧蓝的天空下。小院外，柳树依依，一汪池水倒映出柳枝摇曳的影子，加上石窗和木门，一幅江南水墨画徐徐展开。

"小天，这就是我们的家。"唐军指着池边一幢两层小楼，欣慰地说道，"欢迎你回家！"

秦·巴清

浩远星际、瀚宇极宙。

东方言语离开地球，踏上找寻星空时门的征程已经五年了。按照地球上的时空飞行准则，他要返程了。

五年里，他沿着时间的倒序，穿越了清明元宋唐隋晋汉秦周，从他的视角回证了中华文明的存续，渐渐明白了一个意境深邃的哲理——历史就是一个时空集成，时间是历，空间是史；历史也是三维影像的摄聚，无限期地存放在浩瀚的时空之中，宛若璀璨星云，美轮美奂，带给后来者一场已见结局的视觉盛宴。

秦皇汉武，略输文采；唐宗宋祖，稍逊风骚……

东方言语想到了这句名家绝词，一时间与时空同鸣、与历史共振，再默思静想——数千年来男尊女卑，塑世间伦理、定家和万事，然女子亦是巾帼，兼倾国之貌、持治国之才，方有"巾帼天下"之说。

今借笔者之名，写下一段演绎版的古史逸闻，以飨读者。

那年春至，东方言语初次遇到清，正值秦王嬴政剑指六国，意统九州之际。清乃蜀地富家之女，有国色天香之姿、经市运商之智，十六碧玉年华时替父执掌丹砂之业，聚财百万金。巴渝楚境方圆数百里，说媒者踏槛入门，络绎不绝，皆遭清拒。其父只有此女，恐家业无继，多番劝言，清终于道出心中倾慕之人。

原来，清有一日外出踏游，行至华银山，仰见云雾间雪积峰线，远眺宛若琼浆醉酒，美地仙境，已然陶醉，一时忘了归程。待她醒过来，却记不起回去的山路，顿时慌了神儿，贴身丫鬟更是急得大哭起来。

正当主仆二人方寸大乱、不知所措之时，山间云雾渐开，一抹橘红色的光束如白昼流星落入林中，间或传来断续之音，如天外仙语，直入清的耳际，瞬时左右了她的意识。她不由自主地迈开了双腿,沿着溪边向山腰走去,任由丫鬟在身后哭叫,只是傻傻地往前跟跄着。

待行两余里地,清突然停下了脚步,抬头望天,见林间枝头射出万道金光,漫散在峰尖崖壁。密林上,两块山石峭然屹立,合抱怀身、抵首拥吻,情意深浓。此时此景,清痴然驻足,心底骤间春意而动,眼前却一片模糊。朦胧中,一个身着白色异服的年轻男子从林间轻步而至。

"跟着我,好吗?"

一句柔音细语在清的耳边响起,似山间的溪流,潺涓过石,荡起百转千回,刹那间直入心扉。早先的恐慌也随之消失得无影无踪,只剩下舒心悦意。

她紧紧地跟在年轻男子的身后,目光凝聚,一时已不知身处何地,也没了往日的敏捷决断,神色间全是大家闺秀的柳弱花娇,芳心初起、情愫暗涌,脸颊腮边更是绯红炽热,宛若映天晚霞。

东方言语站在石台上,转身望着眼前的女子,高挑身材,削肩细腰,柳眉黛眸;一身浅蓝色衣裙,腰间系一白色绸带;乌发双髻,间插一绿玉细簪。展眼看,窈窕婉约、冰清玉洁,透着外柔内刚、蕙质兰心。

他伸出手,停在女子身前,静静地等着。在他想来,这是温文尔雅的绅士风度,是面对一个漂亮女孩表现出来的自然举止。但对方好像受到了惊吓,清澈的眼睛露出不安,也隐约闪过一丝喜悦和期冀。

"来,抓住我的手,我拉你上来……"

"啊!噢!"清本能地应了一声,感觉心跳得厉害,脸上火辣辣的,但脑子里有一个声音在不停地说——伸出手牵住他。

"来!不要怕!"男子的话仿佛天籁灵音,透着尘世外的明晰旷远,让她根本无法抗拒。

清站在原地,慢慢伸出了自己的手,放在对方的手掌上,一丝温暖瞬间传到她的脑海,又漫过全身,仿佛沐浴在初春的阳光下,碧空晴天、清风拂面。

执 笔

  东方言语轻轻地握住女子的手，纤纤玉指柔软光滑又炽热如火，似闪电般地划过他的身体，激起心底的一抹悸动。

  清跟在男子身后，轻声问："你是谁？"

  "我叫东方言语。"

  "你的这身装扮好奇怪！你是哪国人？"

  东方言语一时不知道该怎么回答，很快又似玩笑地答道："我，我是中国人。"

  "中，中国，中国人？中国在哪里？"清惊诧地问道，羞涩的目光里露出新奇的神情。

  东方言语又语塞了，"中国，中国就在，就在……"他真的不知道该如何解释，只好径自往前走，心里涌上一份莫名的愉悦。

  清望着东方言语的背影，脑子里突然冒出一个奇怪的念头，脱口而出："你是不是从天上来的？"

  她曾在父亲的书阁里看过一卷竹简书录《山海经》，里面记载了很多奇闻趣事，让她充满了好奇，甚至幻想来一场人神相遇的历险。

  "啊！你……你，你怎么知道？"东方言语被对方的话吓了一跳，不由得停下了脚步，回身盯着面前的女子，发现她的眼睛里没有了刚才的羞涩，而是闪着求知的渴望，让他心间跳跃。

  "你，你真是神仙啊！"清往后退了两步，露出一丝惊慌，立马又捂住红润的双唇，呵呵地笑起来，让跟上来的丫鬟看得是一头雾水。

  东方言语显然有些应付不来对方的古怪俏皮，指了指前面的溪边小径，轻轻地说："好了，现在不说这个，我先带你们出去吧！"

  "你知道我的家在哪里啊？"清反问道，又似乎想到了什么，慌忙扭头瞅着身边潺潺流过的小溪，极力掩饰着自己心里的激荡。

  "你叫清，对不对？"东方言语想了想，似是自言自语道。

  "你知道我！你怎么会知道我的名字？"清的话里带着羞涩和惊喜。

东方言语没再接话，柔和地嘱咐着："这里太危险，跟紧我！"他又抬头望着不远处的山腰，两块山石相对凝视，好似一对即将离别的夫妻，依依不舍、情深意切。

天渐渐地黑了，一轮皓月已经升上了树梢。三个人走在溪边的杂草小路上，谁都没有再说话，只有风声和虫鸣在他们的耳边响起，像是一首小夜曲，伴着天地时空的交集流转。

清和丫鬟紧紧地跟在东方言语的身后，一步也不敢落下，生怕对方又突然从眼前消失。走了大半个时辰，周围的林子变得稀疏了，不远处出现了一片湖水，在皎洁的月光下波光闪烁。靠近湖边，眼前出现了点点微弱的灯光，看上去是一个不大的村子。

东方言语用手上的激光电筒扫了扫湖对面的村子，点了点右手十来米远的独木桥，朝清说："好了，前面是离你家最近的村子，你们在村里歇一晚，明早再回去吧！"

"那，那你，你呢？"清郁郁地问，话里已经有了不舍，泪珠挂在眼角，闪着晶莹的光泽。

"我，我要回到我来的地方……"东方言语知道清的心思，自己也是不忍，但只能实话实说。

"你，带我一起走吧！"清鼓足了勇气说道。

此时，她不再犹豫、不再羞涩，又有了驰骋巴蜀、傲视江湖的果断决伐。她清楚，眼前的年轻男子来自天界，她渴望与他成为神仙眷侣，共度长生。

"回家吧！"东方言语知道自己不能答应她。

时空旅行有它不可逾越的界线，那就是绝不能改变原有空间里的人、事和时间进程，否则现存的时空将不复存在，探寻未来星空时门的旅程也就没有了任何意义。

月色中，泪水从清的眼角流淌，滑过绝美的脸庞，落在衣襟上。她默默地望着东方言语，目光变得坚毅刚烈。片刻之后，她向他静然而笑，转身离去，给东方言语留下一个执着的背影。

后有传书记载，清在丈夫逝世后执掌家族产业，以巴清之名扶助秦王嬴政统一六国，后在咸阳去世，回乡安葬，秦始皇在其故里筑怀清台表之。另据野史说，清其实终生未嫁，为避世俗风言，遂以家乡巴郡为夫姓，也未客死咸阳，而是隐居巴蜀华银山，最后在夫妻石下执绢书而终。

绢书上写：时空有隔，亦是人神两界。情切切，终是虚幻梦境。

楼 兰

　　长城外,古道边。一缕夕阳余晖,几抹晚霞如画。虽是初夏,却似深秋。

　　端木方亭站在路边。眼前,一条羊肠般的沙石路将抬头望不到边的戈壁滩分成了两半,一半连着起伏的丘陵,另一半是低洼的浅沟,一直延伸到天地的尽头。尽头的苍山之上,跳出一弯残月,淡色如烟,氤氲缥缈,寥寥空寂。

　　端木方亭紧了紧衣领,看了看表,已经是晚上九点多了。他四处瞅了瞅,寻找着可以露宿的避风口,看来今晚只能在这里扎营了。

　　一个月前,三十五岁的端木方亭最终做出了抉择,辞去公司的高管职务,卖掉市中心的房子,开始去完成他的梦想。他为自己的梦想取了一个很有诗意的名字——行阅楼兰。

　　"一座楼兰城,千年尘埃梦。"

　　这是端木方亭十年前写下的一句诗。那个时候,他正在大学里攻读经济管理学,梦想着有朝一日能够成为知名的经济学家。或许是冥冥之中早有定数,一天他在学校图书馆翻到了一本介绍楼兰古城的书,书中的照片和文字深深地吸引了他,并在他的心中嵌入了一个新的灵魂。

　　从此,楼兰成了他魂牵梦萦的情结。

　　两千多年前,在浩渺的罗布泊畔,碧澄云天映光波,翠嶂胡杨荡湖岸。西汉拓玉石之道、通丝绸之路,塞外的楼兰城,商旅云集、来往熙攘、繁盛一时。

　　然而,数百年后,楼兰神秘地消失在了茫茫大漠中,再无人烟。斗转星移,凌波潋滟的罗布泊退化成了戈壁盐泽,夕阳下的古城也只留下了几段土夯的墙壁、几棵枯化的胡杨,在沙飞尘起间诉说着曾经的辉煌。时至今日,楼兰的遗存成就了那些探险者和历史学家,也在旅行者的镜头中留下了残美的影像。

　　端木方亭爬到不远处的一个小土坡上,眺望着四周。天色已经暗了下来,不用抬头就能看到满天的星辰,它们就像一群飞在眼前的萤火虫,闪烁着生命的光彩。耳边响起如涟漪般的荡漾声,宛若萤火虫在振动羽翅,细听却是风吹沙走的声音。

　　"光阴荏苒,星月依旧。只是在这璀璨的星月下,我能否遇到旧时的楼兰?"

　　端木方亭的心头涌上一番感慨,就像古代那些失意沉沦的文人墨客,总喜欢在游历山水的时候借景叹息,留下楚辞汉赋、唐诗宋词,让后人几多感慨、数度悲凉。

　　"在那楼兰的晨暮街头,是否会有我的身影、你的凝视……"

　　端木方亭的思绪又如流星划过夜空,穿行在天河之间,停留在了儿女情长的浪漫中,期许一段"我既媚君姿,君亦阅我颜"的旖旎风月。

　　两年前,端木方亭结束了七年的婚姻。前妻是他的大学同学,原本想着琴瑟和鸣,不料每天的柴米油盐让他们成了彼此的束缚,最终走到了无可挽回的尽头。前妻带着孩子出了国,留下他在烟熏酒醉中迷失了很长时间。直到那天他随手翻出自己写的半首《梦走楼兰》,瞬间仿佛被灌入了一剂醒酒药,药入喉间,心底猛地激起千层飞沙,扬起万股浪尘。

　　尘沙里,一座西域古道边的繁华城郭出现在他的眼前……

　　正值日薄西山,天边云蒸霞蔚,橘红色的光线随意漫射,投在波光粼粼的湖面上,染红了水色。湖边,一扁方舟随风轻荡。船头,渔人正在收网,不时有鱼儿跃起,在空中甩了甩尾巴,又落在网中。

　　岸上,两三间高矮不齐的木屋依湖而建。屋前临水的石阶上,有一个女子侧蹲着,正在浣洗衣裳,一袭浅灰色的粗布长裙,束髻黑发。

　　女子一边捶打着衣裳,一边轻声地吟唱。优美的歌声被习习微风切成一节节的音符,追着涟漪在空中飞扬,送入渔人的耳际。渔人眺目而望,擦了擦额头的汗珠，弯腰将网中的几尾活蹦乱跳的鱼放入竹篓中，掉转船头向岸边划去。

很快，袅袅炊烟从屋顶的烟囱口升起，接着向空中散去。屋里传来孩童的嬉闹声，间或响起几声狗吠。天色渐黑，一弯月牙儿在湖的那一头升起，浅墨的月色洒在湖面上，映出一片流淌的光影。

夜幕下，满天的星星闪烁，不经意间还会有一颗流星拖着长长的尾巴，抛过天际，落在远处的山峦间。隐约能够看见那片连绵的群峦尖峰抹过几笔灰灰的留白，不知是星月的光芒，还是覆雪的颜色。

一道耀眼的光线直直地刺进端木方亭的眼睛里，让他本能地抬起手遮住了眼睛。眼前的城郭不见了，湖边的木屋消失了，一个修长的身影出现在光束中，仿佛一张精美的剪影，却是活的，朝他慢慢地走来。

端木方亭的心一收，随即加速跳动起来，一股寒意瞬时穿透了全身。他顺手揉了揉眼睛，身子剧烈地颤抖着，然后不由自主地向后踉跄了两步，一屁股坐在地上，眼前一片漆黑……

端木方亭的耳边响过风的声音，风中还有柴火燃烧的噼啪声，像一把豆子被扔进了火堆里，一个劲儿地蹦跶着，想拼命地逃出去，却发现四周烈火熊熊，已经没了退路。

端木方亭挣扎着睁开了眼睛，天上是闪耀的星星，好像一盏盏来自仙界的明灯，照亮着世俗的凡尘；又好像是安放在佛前的明灯，指引着人间的去路，让他一时产生了置身万物之外的幻觉，却也依稀记起了刚才的惊愕。

他后怕地转了转眼珠，看到身旁有一个火堆。随风曳动的火苗对面坐着一个年轻的女子。她一身粗布行衣，戴着一顶插羽毡帽，脸颊绯红，大大的眼睛、翘翘的鼻梁、尖尖的下巴。

女子盘坐在地上，双手握着一把长剑，身边搁着一个包袱，乍一看，像是一个行走江湖的孤身侠女。借着跳跃的火光细细瞅去，她的目光略显呆滞，似乎瞅着火花，又好像透过火团望着对面躺在地上的男子，正想着什么……

曼善是鄯善国王臣吉的小女儿，美丽高贵，深得臣民喜爱，被叫作楼兰公主。鄯善国受他国欺凌，连年战事，赖以生存的罗布泊也日渐枯竭，百姓生活十分艰难。臣吉虽有振兴之心，怎奈国弱民穷，只能在强国之间委曲求全，只为存续楼兰血脉。

这一年，曼善刚刚及笄，北魏太武帝便遣使求亲，意纳其为妃。曼善早闻太武帝英明神武，心怀廓定四表之志，也知家国艰难，已有为国和亲之意。但臣吉明白，北魏国力强盛，开疆拓土，推行"混一戎华"之策，鄯善家国有虞，即便和亲，也只是权宜之计，灭国已在所难免，自然不愿让女儿受委屈，远嫁异族他乡。

曼善生长在大漠戈壁，虽说不像中原女子那样懂得琴棋书画，倒也练得一身精湛的骑术和射艺，传鄯善国能近其身的男性武士都寥寥无几，颇有巾帼木兰之风。

曼善明白父王的不舍，但她是楼兰公主，在家国存亡与子民生息的大义面前，她的幸福和婚姻就像浩瀚大漠里的一粒飞沙，渺小如尘埃。她能做的就是义无反顾地投身日渐干涸的百里罗布泊，自愿化作一滴水珠，祈愿滋润起一碧波光，还一方美丽富饶的繁华楼兰。

曼善说服了父王，抚去母妃的泪水，毅然决然地踏上了去北魏的和亲之路。然而，就在北魏帝筹备迎娶楼兰公主之时，北魏境内发生了瘟疫，太武帝下旨让曼善就地避灾，并派爱女上南公主前去陪伴。

上南公主年方二八，亦是待嫁之龄。两个年轻女子相见恨晚，外人面前她们虽各有名分，私下里已以姐妹相称。上南公主随父兄征战南北，英姿飒爽，更钟情于深厚的中原文化。对曼善为国和亲既感动又流露出一份担忧。她熟读汉家历史，知道昭君出塞的典故，从昭君身上看到了一个女子的悲情与无奈。

上南公主深知父王的宏图伟志，敬佩父王的文功武略，对父王厉行汉化，推崇中原文化持赞同态度，但父王也跟着汉家皇帝学起了"后宫三千佳丽"，这让她很失望。在她看来，不论是汉家后宫，还是父王的妃子，一生多是凄苦，最后孤老终生。

看着曼善的美丽容颜，望着她坚毅的目光里偶尔流露出来的不安，上南公主好像已经看到了曼善的未来——一盏青灯、满头银丝。一时间她冒出了一个大胆的念头，劝曼善放弃和亲，去寻找真正属于自己的幸福。这也是她的愿望。

当曼善从上南公主的口中听到昭君出塞的故事后，刹那间心动，仿佛跨越时空，与昭君携伴出嫁。一路上飞沙漫天、马嘶雁啼，极目的悲凉、满腔的哀伤。一曲琵琶音，两行离别泪，秋色萧萧、叶凋雁飞。

当北魏帝听到曼善因染瘟疫过世的消息后，虽感意外，但生死有命，自己剑指天下，不会因为一个女子舍弃江山，很快便忘了和亲之事，准备出兵鄯善了。

曼善独自一人离开了北魏，临近故土，发现目之所及尸横遍野、悲声阵阵。她有种不祥的预感——自己的国家也遭受了瘟疫。

鄯善国经此大灾，加之北魏武力相逼，已到亡国之际。臣吉思虑再三，说服曼善离开，南下避难。

历经漫漫秋冬，在初夏的一天，当曼善穿过长城脚下一个看似很是神秘的山洞，夜幕星辰下，她遇到了一个年轻的男子……

几缕朝霞从远方的天际线漫射到大漠上，一片金色，辽远空旷。端木方亭睁开眼睛，耳边寂静无声，仿佛沙尘还没有从沉睡中醒来。他扭了扭头，看见身边有一堆已经燃尽的柴火。

端木方亭吓了一跳，连忙坐起来四处张望。周围还是浩瀚无垠的广袤沙海，只是在那能够看见的极远处，氤氲间出现了一座西域城郭。

城外的湖边，一个年轻女子蹲在石板上，正在浣洗衣裳。湖中，一扁轻舟随风轻摇，一个壮实的男子站在船头，双手用力上抛，一张小小的渔网迎着朝阳，落入清澈的湖水中……

天阙榜

北宋开宝年间，江宁府。

这年二月初二，上元县李家村一户佃农家的小院里，传出来新生儿的啼哭声。哭声就像惊蛰的雷声惊醒了冬眠的昆虫一样，也吵醒了沉睡中的左邻右舍。

晨曦中，一抹霞光掠过院角的槐树洒进院子里，树梢之上是一片炫红的云彩，看似飘移无形，却宛若一条气宇轩昂的苍龙，在启春的空中俯视着大地，好像在告诉凡间的子民，"吾以上权，赋命于此"。

小院正屋的门槛前蹲着一个中年男子，粗衣布衫，束发草履。他的手上拿着一根细细的树枝，正在土洼里横七竖八地划拉着，时不时地抬起头，神色凝重地望着院墙。泥巴枯枝夯造的土墙高低不平，有的地方已经塌陷，成了一个个浅坑，残留着前两天暴风雨的泥水。

孩子的哭声似乎并没有引起男子的注意，他的眼睛始终朝着一个方向，久久未动。看他的脸，黝黑粗糙，布满了一道道皱纹，带着长年劳作的艰辛和憔悴。

只是仔细看去，他的眼里似乎藏着一束光，透着坚韧和执着，甚至能看出引而不发的力量。顺着目光前移，他的注意力始终落在院子东角的墙根下。

墙根处，就是那棵槐树。

一个妇人从堂屋里三步并作两步地奔出来，带着讨喜的笑容，朝中年男子喊道："李家的，李家的……"

"嗯，噢，程家嫂子……"男子回过神来，起身谦和地应道，脸上并没有多少喜悦。

"给你道喜了！道喜了！是个大胖小子！"妇人根本没注意对方的脸色，只是一个劲地絮叨着。

"程家嫂子，过两天我把喜钱给你送去！"男子自然知道对方的意思，顺着应承道。

"好好好，那我就先回去了！你也赶紧进屋瞧瞧你媳妇吧！"妇人得到了想要的答案，又客套了几句，出了李家破破烂烂的泥院子。

李家男子望着村妇离去的背影，转身进了屋。屋里黑黑的，借着板门透进来的光线，勉勉强强能够看到里面的陈设。也谈不上陈设，屋里可以说是一无所有。靠门左手的土墙边是一个泥巴垒的灶台，灶口正点着柴火，灶台上支着一口锅，锅里烧着水。靠门的右边是一张老旧的木床，床上躺着一个妇人，身上盖着打满了补丁的被子。在她的身边放着一个扎着布条的小被褥，里面露出一个小脑袋，闭着眼睛，瘦巴巴的脸蛋上沾着没有擦净的血丝。

李家男子站在床头，望着睡着的妻子。他俩从小一起长大，算得上青梅竹马。这么多年，她跟着他四处奔波、东躲西藏，吃尽了苦头，最后在这个小村子里落了脚。一晃五年过去了，他一直深居简出，给村里的地主家种田，日子过得很清苦。

他又瞅了瞅妻子身边的新生儿，这是他的第三个孩子。但此时，他并没有感到再次成为父亲的欣喜，而是有一股深深的不安堵在心里——这个刚刚来到人世间的婴儿，会不会和他的两个哥哥一样，夭折在自己漂泊不定、穷困潦倒的生活中呢？

现在，他要考虑的不仅仅是母子俩的生存，还有一个注定无法预知结果的秘密。这是一个深藏了好些年、只有他和妻子等几个人知道的秘密。这个秘密就藏在院角的那棵槐树下面。

五年前的一天，一个漆黑无月的夜晚。

李家男子，也就是李从熹，带着妻儿，披星戴月、翻山越岭，历经千难万险，从千里之外的闽海回到江宁府，藏身在城外上元县的李家庄。然而，或许是生计艰难，抑或是命运弄人，他的两个儿子在短短半年的时间里先后得病，不治而亡。接踵而来的打击，让李从熹一时犯了心疾，险些也命归黄泉。

也是命不该绝，就在李从熹病卧垂危之际，村里来了一个游医。李妻立即将其请入家中，怎奈医家不要金不要银，只求李从熹赐他一纸墨宝。

"医家，"李从熹面露难色，"我一农户识不得几个字啊！"卑微的话里带着一丝警惕。

"不妨事。"医者似是有备而来，"笔墨都是现成的。"他颇有深意地扬了扬嘴角，雪眉皓须间露出隐世脱俗、仙风道骨的沉稳，言语中颇有执念。

"这……这……"李从熹看上去显得很紧张，神情窘迫、目光躲闪，都不敢直视医者。

"医家，我当家的这辈子只会拿锄头，还没拿过笔呢！"李妻接过话，开玩笑似的说道，又朝李从熹微微皱了皱眉头，似在提醒着什么。

"贱内说得是，我就是一个刨土的。"李从熹连连附和，失去光泽的眼睛装作不经意地朝窗外瞅了瞅，心里琢磨着如何婉拒对方。

"《诗经》云：'溥天之下，莫非王土；率土之滨，莫非王臣'，不是吗？"医者没有直接反驳李从熹的自愚，反而引经据典，话里话外俨然有种论辩天下大事的雄志，仿佛他并不是悬壶济世的医者，而是辅弼明主的谋臣。

李从熹听着对方的话，心里更加警觉了。他有种预感，在他病情严重，很可能撒手人寰的时候，这个医者恰好行游到此，似乎不光是为了给他治病，言语间更是在暗示他些什么，甚至还有点儿步步紧逼的强势。

这个医者到底是谁？李从熹思忖着，对方好像知道些什么，而且一直在盯着他。他越想越觉得对方不仅仅是个医者，很可能是，很可能是……他想到了那个让他日夜牵挂的人。

李从熹是南唐皇帝李煜的弟弟。先帝病逝，李煜在金陵即位，封弟为王，李从熹受封闽地，为闽海王。其时，赵匡胤在陈桥黄袍加身，后登基为帝，创建大宋王朝，兵伐四方。开宝年间，宋灭南汉，示兵江北，李煜审时度势、趋利避害，降制示尊，除国号唐，自称"江南国主"，派弟弟郑王李从善入宋朝贡，被宋帝扣押。李煜见此心存忧患，表面上仍奉宋正朔，自贬仪制，暗地里却加紧备战，密令闽海王李从熹招兵买马作为后援，偏安待机。

宋朝新立，国势正盛。赵匡胤壮志凌云、傲视群雄，兵出五州，弱廷皆降。忽闻李煜明投暗防，怒言"卧榻之侧，岂容他人鼾睡"，集重兵南下，与李煜军队决战于百里秦淮，随后破金陵都城。李煜奉表投宋，南唐亡。

李从熹率残部趁乱逃回闽海。他深知宋朝皇帝绝不会放过自己，为了保护妻儿，斟酌再三后，决定返回金陵。在他看来，金陵是李家都城，赵氏王朝肯定不会想到他敢藏身危险之地。更重要的是，兵败金陵时皇兄李煜曾留密旨，授他复国大将军职，命他韬光养晦、择机而动，甚至可复国为帝，再建李家江山基业。

那道密旨现在就埋在院角的那棵槐树下。除了复国的旨意外，还有李家安插在大宋朝廷里的势力名册，更有一张藏宝图，藏着从开国皇帝李昇至李煜数朝历代的金银财宝。

"医家，我就是一个佃农，整天为吃食烦心，实在听不懂你说的是什么啊！"李从熹一边装出全然不知其意的神态掩饰道，一边开始试探对方，看看他到底是什么人。

"听不懂没关系，"医者显然并不在意李从熹的托词，"关键是能否做到。"他从容沉稳地应对着。

"那，那医家，想要让我写什么呢？"李从熹转念一想，觉得不能和对方纠缠下去。医者明摆着是有备而来，李从熹觉得一个不小心很可能就着了他的道，坏了自己筹划已久的大计。稍一琢磨后，他马上有了主意：干脆应了对方，先把自己的病治好再说。

"上古即今。"医者自然猜到了李从熹的心思，知道自己也不能过于直白，让对方产生怀疑，误了国主李煜交代自己的大事。

医者徐旻是李煜的心腹，密室军师。国破时，李煜遗密旨于徐旻，令其辅佐李从熹择机复兴南唐国业。徐旻遵国主令，悄悄跟随李从熹返回闽南，又暗中保护他潜回金陵,并召集旧时残部,寻找机会为李从熹重振李家王朝做马前卒,以期留一世忠臣之名,永垂史册。

上古即今!李从熹的心头猛地一惊,望着医者,脑海中跳出皇兄留给自己的密旨中,左下角盖了一方玉玺,印着"上古即今",意寓"承古启今,护佑李唐"。

他究竟是谁?怎么会知道这个?难道仅仅是巧合?不可能啊!而且他出现的时机也有些蹊跷,显然是奔着自己来的。

李从熹的脑子里冒出一连串的疑问,越加证实了自己的推断——眼前这个人不光是个医者,更可能是皇兄的幕后心腹,受皇兄重托来扶助自己重拾山河,再建盛世李唐。

"医者,我只是一个种田的,哪里会写这个!"李从熹略微思虑了一下,"只是为了让你治病,勉力为之,想着写个农事农历还行……"他决定再探探对方。

在他看来,对方虽然医者装扮,但五官间刻着阅览世事、读尽权谋的睿智,还有言语中透着自信笃定、沉稳敢为的胆魄,其心胸绝非凡人可持,已然藏有负鼎之愿、辅弼雄主之心,更有马前待诏、指谏江山之能。

"这几个字不难,就是承古启今、护佑圣主之意!"徐旻显然很有把握,胸有成竹,不再拐弯抹角,直接解除了李从熹的疑惑和顾虑,算是亮明了自己的身份。

"请问医者,何出此言?"李从熹又是一惊,随即也有种释然的喜悦,一边继续问道,一边琢磨起接下来的计划。现在基本可以确定,对方就是皇兄派来辅佐自己的。

"国主之意!"徐旻斩钉截铁地说道,朝李从熹一笑。

"国主是谁?"李从熹问。

"李煜。"徐旻答。

"国主何意?"李从熹再问。

"重塑河山!"徐旻再答。

转眼间又是五年过去了。李从熹在徐旻的辅佐下，踏上了复国的艰难征程。其间，宋朝国运渐盛，对任何反抗势力自然是除之后快。李从熹的宏伟大业面临着重重障碍，特别是藏在金陵郊外天阙山麓的财宝，因为江宁知府扩建佛家禅宗的庙塔很可能被暴露。

还有一件让李从熹更加为难的事情，那就是尚幼的儿子。自己的复国之举充满了艰险，前景不明，搞不好就是株连九族。他不想再让自己的妻儿为他提心吊胆，但徐旻的一席话让他最终下定了决心。

"主公，上次提及的册立世子的事，考虑得如何了？"

"徐旻兄，是否还有其他方法呢？不一定非要走这一步吧？"

"主公，不必再犹豫了！这也是国主的遗命。"

"皇兄一生为国操劳，最终却落了个孤葬北邙，归不了祖堂皇陵的下场。我实在不忍……"

"主公，我能理解。我朝虽已不存，但国主仍是王，宋帝封吴王。现国主子嗣皆亡，主公之子为南唐世子，亦是正统。"

"那，那就谨遵皇兄之命，立吾子为南唐世子，召集我朝子民聚心立志，复我李家大唐！"

又十年，李从熹率部与宋朝军队决战于金陵城外天阙山，激战月余，大败。李从熹命终阵前，其子也被内官毒杀，南唐至此真正消亡。

笔者阅史有感，作此文，虚实合一，给读者留下一段有一定史料依据，又可多方演绎的逸事，谓之"天阙榜"。

棋　局

　　子夜时分。一轮皓月，几片浅云。夜风轻拂，犬吠相闻。

　　秦言手执一轴书简，倚坐于高台上，神情凝重，目光深邃，似在沉思，亦有悟道模样。

　　风云再起，诸侯争霸，皆唯我独尊，更剑指天下，志图九州。三百年春秋沧海，潮起潮落，三家分晋、七雄并起，又一轮桑田变换。

　　秦言想起了师父。师一生隐于云梦，布学教义，捭阖纵横。弟子中有事主齐国的孙膑、合位六相的苏秦、两执秦印的张仪，还有助秦变法的商鞅，皆是旷世奇才，又有凌云之志，数十载辅王佐侯，名誉列国。

　　秦言年方二十，弱冠之龄，却已是鬼谷子的关门弟子。鬼谷子得山川之气，谙天地之道、通时空之则，得誉"居世高隐"，以执子黑白，经略天下棋局。棋局中，挪移乾坤，不论是八方诸侯，还是各家将相，皆被布入棋间。

　　那年，鬼谷子百岁期颐，行游东海，在蓬莱仙阁与老友把酒对弈。棋至中盘，两军旗鼓相当，已成对峙之势，胜负难料。鬼谷子置身世事之外，洞透江湖，天下棋局中运筹帷幄，仅执数子，春秋变战国，不料此时的一盘野趣闲局，反乱了他的方寸。

　　再看老友，一袭缓带轻裘，白发皓须，仙风道骨真高士，此刻也是雪眉紧蹙、目光游离，已无当年登临泰顶、俯览众山的自若胸怀，仿佛此局是结局、此弈是决弈，胜负时就是天下再分合。

　　不觉已是四季轮回，一叶知秋，几度迎春。凭栏观海，浪花滚滚；坐石听涛，涛声阵阵。一轮薄日跃起，万缕晨曦漫射，映红了海天。海风扫过阁台，依稀传来顽童稚嫩的朗朗之声。

　　回望之，一个梳着角髻的村娃自山间的碎石小径蹦蹦跶跶地走上来。展眼看去，总角的年纪，一身书童装束，晃着脑袋，口中大声地吟诵着。

鬼谷子正颔首抚须，思酌破局之策，耳边传来"弈秋"二字，虽有断续，却似朝霞红日跳出海平线，瞬间通透于时空，转身复坐，执黑子落于棋中"天元"。老友见之，亦有顿悟，推盘认输。

这个村童就是秦言，齐国农人之子。传五六岁时，秦言已读遍天下文章，尤谙《诗》和《离骚》，更有"论理智者，三句赢辩"之赞，被称"蓬莱稚子"。又有民间逸闻，那年齐宣王招贤纳士，设棋局于泰山之巅，应者甚多，文人雅儒对之、兵家谋者弈之，数月攻守进退之后已是残局，一时竟无人能参，无人能解。

这一日秦言在外玩耍，行至蓬莱学馆，见馆中有人对弈，众者旁观，默思者不语、好言者不休，称此局乃"泰山之局""天下第一残局"，能解此局者，非圣即哲，文可马前待诏，武可决胜千里，可谓"一局览九州"。

秦言凑上去，见棋前执黑者为蓬莱大儒稷名，以"才智双辩"盛名于诸侯，却拒绝出仕，只在乡间设塾教授，著书《淳名集》，注释文字、明晰世理。执白者是齐国名将田墨，助齐宣王掠城夺池、开疆拓土，以"横刀立马"列位"姜田榜"。

看两人神情，皆是静思久虑，多有心力交瘁之色，纵使文者可宏观天下、武者能剑指沙场，此时也似乎江郎才尽。再看棋势，正是尾盘收官时，两军对阵，火列星屯，黑白子缠交错峙，似莲花点点；棋落子移间，如天地阴阳、乾坤经纬，一盘残局揭示天下春秋。

"所谓阴阳之分、天地之合，皆是乾坤之道。道行分合，阴也可为阳，天亦可为地。分合之义，只在其形，不在其质。"

秦言稚语轻出，如惊蛰初雷，醒彻众人，稷名抚须附和，田墨颔首赞之。两人推盘换弈，黑白双子瞬间如梅花绽放，棋走河山。旁观者更是合掌齐揖，皆服之。

秦言自此声名鹊起，才冠齐境。齐宣王闻之亦奇，召其至宫中，以文章试之，皆对答如流，甚悦，赐"秦童子傅"，设子傅馆，授其布学之责，教化子民。

再说，鬼谷子百载人生，隐于世外却总揽天下，以棋者之名不谋而谋、不争是争，将时事置于棋局之中，助弟子出将入相，政治九州，历纵横捭阖，终致秦王嬴政驾驭四方，统一六国。

"言子，今天下归秦，为师世间道义已达，然寿数有余，法行亦未至天命，故为师将隐修云梦，就此别过。另，为师有锦囊置于蓬莱阁台，十五年后方可启阅。谨记，谨记！"

秦言手执信书，方知民间传言不虚，师乃通天及地之人，时空间自由往来者，知古晓今，更以后世之势，借棋弈之局，韬略于当下，事成。

秦言遵师命，未走入仕之路，经年行游秦地，授业解惑，潜心著作，汲师之言，取师之说，注解《捭阖策》，静待启阅锦囊之时。

再论时事，正如鬼谷子在云游山留下一展天书，辩自然天道，悟世间伦理，道尽山河流长、轮回千年，首曰："秦始，十余载，历二世灭。"

秦言深信师有占察洞悉、言无不验之能，初秋再临东海蓬莱，登阁台观晨日跃海，取锦囊阅之，惊叹师超然天际、审度风云，寥寥数言，道古论今，一句"秦汉三国又春秋，隋唐五代再战国；宋分南北元走九州，明下三洋清败诸国"，让秦言立知天下分合，遥看十朝后事。

秦末，刘邦以小吏之身，于乱世民起中搅动风云，楚汉争霸定乾坤，创草根帝王业。数百年间，刘氏汉家图新励志，先有"文景之治"，后有"汉武盛世"。

公元初年，汉室外戚王莽数十年韬光养晦，终得大成，代汉建新，改良旧治、推行新政，以儒家之名欲复古周礼治天下。只是，天道也有人事，新始祖立朝不久，有刘氏起兵复汉，百姓也揭竿而起，新朝渐显"短秦之命"。

秦言遵师言，自昆仑出山，以"鬼谷纵横"之学招纳弟子，创"云台学派"，有冯异、岑彭等文武高才集于门下。此时，汉室远支后裔刘秀随兄起兵，秦言遣弟子自荐其前，文者多谋略、武者多善战，取昆阳大捷。

后冯异以锦囊计说服刘秀出抚河北，又借刘秀至交邓禹之口，"延揽英雄，务悦民心，立高祖之业，救万民之命"。又数年，刘秀于河北鄗城千秋亭即皇帝位，建元建武，仍用"汉"国号。

光武帝后，汉明帝追思皇考开国功臣，于南宫云台阁立像，立传"云台二十八将"。后有史家评之，"咸能感会风云，奋其智勇，称为佐命，亦各志能之士也"。

民间也有逸闻，东汉二十八将皆为秦言弟子。秦言者，隐世昆仑，遵天道师命，拨乱时势，视天下风云为棋局，执子黑白、乾坤华夏，遂有今朝。

东 西

  何为"东西"？多人多解意。无语境时，你知道指的是什么具体的意思吗？

  "东西"是方向，东西南北中，坐东朝西、面南背北，中国传统文化中有五行风水之说。"东西"是物品，万物皆可谓，既可泛指，也可具体。"东西"是代称，可褒可贬，阅言中方知真意。

  中华文明源远流长，汉字中一字一义、一字两义；一词两义、一词数义。"东西"一词，可谓无限意义，究竟溯自何源？众说纷纭，莫衷一是。专家学者自有正论统释，读者也有己见。

  作者算是闲来无事，玩玩文字游戏，趣探一番，飨于此。

  东西，原非一体。上古时期，东、西系居于江的两族部落，与源于河的炎氏、黄氏皆为彼时部族，只民寡势弱，无奈偏安南蛮一隅。后炎黄战蚩尤，欲与东西两部纵横捭阖，却遭拒。

  炎黄使者问："何故？"

  东西复："无利于我。"

  使者问："欲谋何利？"

  东西复："以江为界，北为炎黄，南为东西。"

  使者驳："河之北、江之南，皆为炎黄之域。"

  东西退，兵于江、营于乘，守之。

  炎黄得知东西两部坐据江南之地，不愿出兵相扶，甚是不满，但己部与蚩尤部已是剑拔弩张，战场成千钧一发之势，无暇顾及此事，只能暂且忍之。

  东西两部见炎黄与蚩尤逐鹿中原，决战冀州，无暇顾及江南，便休养生息、蓄锐张弛，历年间日趋强盛，渐成一方势力，依江之险，与炎黄分据华夏。

炎黄大败蚩尤，立足九州，大治天下。然后数年间，无复作雨，旱及五州，民生凋零。百姓流走他乡，过河南迁，抵江北之境，驻足望江，见江南之地稻谷扬波、河塘清水、阡陌依田、村舍升烟、农耕畜牧、童戏子乐，一派富足安适景象，自然生出过江定居之心。

炎黄对东西两部早有芥蒂，派兵驻扎江沿阻之。时久，民有群起渡江者。炎黄见之，更视东西为部族仇寇，欲除之而后快。然天下者，皆为此消彼长，炎黄虽得天道，一战立威天下，百族臣服，但因连年战事，又遇天灾，国运荆棘塞途、步履维艰，纵有南征灭蛮之心，却无再起战火之力。

此时有黄帝子少昊近臣，名陵，建议少昊禀达黄帝，曰："河之中州虽有物产，民心亦属，然灾象多生，尤为旱甚。江南之地虽属蛮夷，水乡沃土百里地，如归我境，必强我势。"

黄帝闻之有感，召陵见，询："如何归之？"

陵曰："前有阂，难！"

帝问："解之策？"

陵奏："离间东西。"

帝思之片刻，当庭下旨，令陵为帅，统授兵权，春秋为限，灭东西，威服江河。陵信然受之，与少昊谋于琅琊，指点江山。陵自荐，愿为帝使，出东西两境，行离间计，坐收渔翁之利。

东部首领古厚乃东帝之后，正值鼎盛春秋，治下已有江左千里之域，渐起统驭江南之志，正静待时机。闻黄帝来使，亦起纵横之心，见于殿前，以上客待之，设盛宴并起乐舞娱席。

席毕，古厚邀陵登殿前高台，仰观夜象。此时，月明星稀，紫薇居于北中，七星环之。

"卿，今观星象如何？"古厚问陵。

"盛昌之象。"陵答。

"何盛何昌？"

"此意斗极，主持天地秩序。"

古厚闻之，甚悦。

"公亦为君，有运筹之略，与我帝皆为北辰紫薇、玄宫之主。"陵曰。

古厚未语。

"今我帝已统北方，势于中原，有望江之心、过江之力。然星象已示，天命不可违。我帝愿与公共治天下，分守四方，北属炎黄，南属东西。"陵探之。

"我为北辰紫薇，视西为左垣之位。"古厚驳之。

"公意我知，然东西皆为江南势族，我帝并无厚薄之策。"陵甚喜，挑拨之。

"此毋庸卿忧，我已有良计。"古厚欣然复之。

陵返中州，报于少昊。少昊陈兵数万于西部江境，摆出攻西战势。

西部首领武召，系西帝传继，封袭江右。江右土瘠物薄，旱涝间年，民穷族弱。武召善心仁厚，立志强族富民，布达天下，文功招贤纳士、农事扩渠引水，殚精竭虑十载，建千顷沃土、百里水乡，族力日盛，与东部族落分据江南，呈鼎立之势。然功成名就后，武召渐有傲骄懈怠之心，言之优柔寡断、行之筑室道谋，渐无进取之气，有意守成。

前炎黄两氏说武召结盟，合战蚩尤，彼时族势贫弱，如蚩尤胜，反有灭族之虞，遂与东部首领古厚会商于洞庭，达盟互守，据江自立。现黄帝陈兵边境，意欲报复抗盟之为，又闻炎黄说使单赴东部，有联盟之图，心有不安，召臣代于殿前商计。

武召询之："现炎黄兵临我境，与东部有媾和之意，卿有何虑？"

代复："此乃离间，公当防之。"

武召问："如何防之？"

代答："反间。"

武召问："何策？"

代释之:"现炎黄意与东部结盟,实有灭我之意。东西两部前有盟约,古厚与公滴血为誓,现东既欲违约,公也不必忧之,炎黄用离间之计,公可将计就计。"

"如何行之?"武召问。

"臣愿往中州说服炎黄两氏,灭东扶我,统驭江南之域。"代请命于武召前。

"此计甚好!只东部远比我族强盛,且疆土广远,如两部相争,战火纷起,恐时久不绝,致民生流离,我心不安。"武召露踌躇之色。

"非矣!东早有灭我之心,如退,西将陷入不复之地。有东无西,有西无东,东西已无共存之期。"代谏之。

"卿言是,今令卿为使,出西北上,联炎黄灭东。"武召旨准。

代出使中州之消息速传于少昊处。少昊召陵商议,陵提议——先亡东存西,东西皆亡;先亡西存东,东存西亡,后患无穷。少昊颔首赞之,改前策,定联西灭东。

代过江北行,走别山、渡济水,见九州境内地域广阔、山川秀美,然世间市景萧凉、百姓生计艰难,问之,皆曰战火天灾,代渐有省悟,初起合族之意。

代抵中州,见少昊。少昊起宴款待,部落重臣群至。席间,陵提论辩,皆从。代知其有宣示之耀,然心有高义,并无怯惧,一番酝酿之后,寥寥数句,惊诧四座。

"太荒之后,天朗地明,日阳月皓。江河之域居万民。因天地间风雨雷电、虎豹豺狼,自然多袭,民聚而居之,是为生存之道。后渐有族群,分布四方,皆为平等。现天下之势,炎黄两帝已有合族之象,实是万民之幸。东西两部虽远偏江南,却无战火纷扰,族兴民乐。今两帝意欲兵出东西,灭我两部,虑实力不济,谋离间之策。我公已然知之,遣代北上入见,愿与炎黄立盟,以和为治,弃战火、保民族,共驭江河,此乃天道正义。"

宴后，陵急书少昊，提出休战，弃战为和，江河一统，共生共存。

"此计甚好，战争终是后手，如能和及一统，惠及万民，自是治理良方。只东西两部虽为蛮夷，实力亦非贫弱，东尤欲灭西及偏安小族，称雄江南，与我炎黄抗衡，有远患之忧。"少昊疑问。

"东部见海、西部见山，亦属盘古之境。盘古开天，化生万物，惠至东西，与我炎黄两氏实为同宗同族。今闻代言，终有感悟。公欲天下合一，理肇华夏，应怀容宽行、仕义四方、明示万民，则无怨苍生，启君者典范、拥王者风度，护佑子族，承之后世。今西使之辞，确有远野长视，公当纳之。"陵复之。

代返西部，禀公武召。武召甚怒，欲杀代。

"卿前言联炎黄灭东，今何故变之？"武召质之。

"识实而省之，省之而变之，亦是生存之道。"代坦言。

"何以变之？"武召问。

"炎黄两氏皆为少典之后，分两支，同宗共祖。涿鹿之战，蚩尤败，皆因炎黄同源之力。虽前有阪泉之战，系炎黄争雄之役，属内部烽火，力势较量，谁主首领而已。"

"此与我族无关，你意何为？"武召斥之。

"我西部，邻东部，亦是同源同溯。远古三皇，天地人氏皆盘古之子，三皇生五子，分位五帝，东西南北中，存续相依。炎黄属南北帝之后，东部以东帝灵威仰为始，公为西帝白招拒之后。虽万年已逝，四部皆存，独中央帝含枢纽无后，知何为？"代反问于武召。

"何为？"武召问。

"中央帝之后未央部原居河东，与炎黄两氏共承海晏河清。九黎蚩尤以兵道治，起征伐，欲威行天下。其时未央部势单力薄，见蚩尤族盛兵重，有意附其护翼，唆蚩尤兵出河西，与炎黄争霸九州。蚩尤遂以未央氏为先锋，与炎黄首战于崇阳，蚩尤胜，炎黄退至河济。未央氏恃功倨傲，意离九黎，蚩尤见未央氏嬗变,知其不可久用,故单遣其兵再战于燕。炎黄施计诱其深入,欲灭未央于河,未央氏求救蚩尤遭拒,未央方省,为时已晚,请罪于炎黄。炎黄念其为中央帝之后,准其率部北迁,改未狄氏,以牧为业。"代释之。

"卿意,我西东两部与炎黄同源,皆为华夏始祖之后,本不必兵戎操戈,赋难于民,理承应继血脉,共举人事。"武召悟之。

后,代再使东部,以情理说于古厚,得古厚赞之。

一年后,南部神农氏、北部轩辕氏、东部古厚氏、西部武召氏,并中央部未央氏,于春三月初三会于江左梁台,修文结盟,尊三皇五帝为祖,以华夏立族,龙之图腾,江河域内万民皆为中华儿女,万物皆为东西之义。

岁月光阴,时华如逝。世间万物,泛意以东西代之,渐成俗语,至今。

中篇　自己

菊花脑

家乡有一种野菜，叫菊花脑。

为什么叫菊花脑？不知道。

打记事起就听母亲说，菊花脑只在南京有。

父亲也说，小姑嫁在湖北，很早的时候她就试着种过菊花脑，结果根本发不了芽。

小姑说，家乡的菜就是有家乡的个性。

其实这就是水土不服。所谓"一方水土养一方人"，人是这样，野菜更是如此。

现在很多城市的菜市场里都有的卖了。这意味着家乡的人即使身在他乡，也能吃到家乡独有的菜，既解了馋，更了了思乡之情。

只是这些年吃到嘴里的菊花脑似乎不再是小时候的味道。究竟出了什么问题？家乡人都知道，但都沉默不语。

菊花脑通常被种在自家的房前屋后，随长随摘，随摘随吃。

菊花脑闻起来有一股被雨水浸过的土香，带点微辛，外地人闻不惯。吃到嘴里，舌尖最开始会感觉到一丝丝的苦涩，但嚼上两口，就有一抹舒心的清凉自茎叶流出，滑入喉间，苦瞬间就变成了甜，留于唇边，沁人心脾。

但这是野生的菊花脑，现在人工栽植的菊花脑，不是野菜，而是蔬菜。形还是那个形，貌还是那个貌，就是缺了原有的味道。

什么味道呢？南京人都知道。

有人说，菊花脑富含菊苷、氨基酸、胆碱、维生素等营养成分，有清热解毒、调中开目、降低血压的功效。

家乡的人可不管功效，吃的就是它的苦香。一碗菊花脑蛋汤，是南京人餐桌上的标配，喝到嘴里苦，心里却很满足。春天的时候喝热的，夏天的时候喝冷的，其中的滋味，南京人只顾自己享受，却从来不说。

这和南京人的性格相关。

南京人被外地人叫"南京大萝卜"。这个称呼是从什么时候开始的，无从考证，但为什么被叫"大萝卜"，说法很多，南京人自己也有解释，网上都有，这里不重复，省得说我是抄袭。

其实，我的回复就是典型的"南京大萝卜"的做派，比较拽，南京话就是"比较甩"。

拽，就是无所谓，不在乎。甩，就是我不和你争，省得你找我，我嫌烦。

都说花心大萝卜，但南京的这个大萝卜不花，是实心的，就是实在。说得好听点，叫实心眼，说得难听点，就是缺心眼。就说这菊花脑，闻起来土土的，吃起来苦苦的，但南京人就好这一口，不离不弃，你说这是不是实在。

南京人没有老乡的观念，这是公认的。萝卜青菜，各有所爱，人在他乡，虽然都是从一个地方来的，但你走你的阳关道，我走我的独木桥，偶尔喝个酒，谈的都是风花雪月，绝口不提升官发财。说到底，还是大家的想法不多，无非就是喜欢吃个鸭子、喝个菊花脑汤，没必要整天称兄道弟、推杯换盏，搞得跟一家人似的。

老话有"梅兰竹菊，皆为君子"之说。南京以梅为傲，唐黄蘗禅师作《上堂开示颂》——不经一番寒彻骨，怎得梅花扑鼻香。南京是经历过沧桑的，南京人是有过苦难的。正是因为如此，我们现在能够做到不悲不喜，淡定得让人觉得南京人差不多入了禅、成了佛。

南京本土作家叶兆言写过一本书，书名叫《南京人》，里面讲到了南京的历史人文和南京人的吃喝玩乐，还有就是南京人骨子里的那点特质，大萝卜实心子。

而我更愿意把家乡人的这点小性子理解成墙根下一簇野生的菊花脑，土里吧唧的，但就是那一股子苦涩的清香味，让我们时时惦记着，刻进骨子里，忘不了，毅然决然地和自己的生命共存亡。

执 笔

豆腐斩肉

在我的家乡，南京江宁的龙都，有一道土菜叫"斩肉"。

"斩"在龙都的土话里不读第三声，而是念第一声。

"斩"字从车从斤。古文释义中，车是一种刑罚，同"车裂"；斤表示刀斧，也是可用来杀人的工具，如"斩首"。单从字面上说，"斩"是有很浓的血腥味的。我的祖辈们显然不想让这个字和人的生死沾上边，改第三声念第一声，刻意淡化它的腾腾杀气和残酷无情。

有文记载，秦始皇灭楚，划楚地为四郡，改金陵邑为秣陵县，隶于鄣郡，县治古称"秣陵关"。龙都位于关东，宋朝因境内多泉井，称"泉水乡"，后又传九龙聚首，清始称龙都。

龙都百姓有勤劳之誉，清同治撰有《上江两县志》，称"龙都之民善卖药"。宋朝起有官办、私营药房，历代承袭，有两江"药乡"之名。明李时珍著《本草纲目》，数次亲至，在山间陵谷采集到党参、何首乌和牛膝等名贵药材。

家乡的斩肉是用豆腐做的，所以我们也把它叫作"豆腐斩肉"。

李时珍在《本草纲目》中提到了豆腐，并将其列入中药品种。在《谷部豆腐》篇中有载，"豆腐之法，始于前汉淮南王刘安"，又提及"主治：和脾胃、消胀满、下大肠浊气、清热散血"。或许可以这样理解，祖辈们本就懂医，从药圣那里了解到豆腐的药用价值，便扬长避短，创出了一道新的家乡土菜。

豆腐是一种神奇的食材。《舌尖上的中国》在讲述豆腐的故事时，用到的是"转化"一词——这是破茧成蝶般的过程。元代诗人郑允端所作"种豆南山下/霜风老荚鲜/磨砻流玉乳/蒸煮结清泉/色比土酥净/香逾石髓坚/味之有余美/五食勿与传"，就是从原材料、制作过程等方面描述了豆腐的色香味俱佳。而宋朝理学大家朱熹赋诗："种豆豆苒稀/力竭心已腐/早知淮南术/安坐获泉布"，则是借用对豆腐经济和社会价值的肯定，表达出对民生的关心，也是老百姓对过上安定美好日子的向往。

豆腐斩肉是用豆腐做的丸子，或者叫豆腐圆子。在中国八大菜系的淮扬菜中，有一道传统的名菜也用了"斩肉"这个名，叫葵花斩肉，就是扬州大名鼎鼎的"狮子头"。"狮子头"传始于隋朝。隋炀帝东巡，厨师以扬州的万松山、金钱墩、象牙林、葵花岗为景，做成松鼠桂鱼、金钱虾饼、象牙鸡条和葵花斩肉四道菜。葵花斩肉就是后来的"狮子头"。

"狮子头"听上去仿若林中之王的呐喊，颇有俯视天下、笑傲江湖的强者之势，但说到底是个肉丸子，圆圆的、滑滑的，看上去并没有王者仰天嚎啸、力拔山河的霸气。

在以"烟花三月下扬州、樱笋时节走金陵"的婉约江南，厨师们创作出一道形圆油润、色味清美的肉丸子，却冠以"狮子头"这个威风凛凛的菜名，深究一番，或许是先人们想将自己的处世之道归藏于中国味道中的智慧吧！

最早的"狮子头"，是将猪肉以细切粗斩为丸，用荤素油煎至葵黄色，故有斩肉之实。后经不断创新，加入蟹黄或鸡肉等，以清蒸、红烧烹饪，成了一道特色名菜。

豆腐斩肉和狮子头的做法是一样的，但豆腐和肉末的搭配不同。豆腐斩肉以豆腐为主，肉末为辅，用蛋清搅拌，佐以调料，手揉捏成丸子状，然后起油锅炸至焦黄即可。刚出油锅的斩肉，外脆内嫩，豆腐的清芬和肉末的荤香扑鼻而至。趁热入口，外层脆皮的油泽和里面软嫩的碎末，在舌尖留下一击刺激的触感，再送入喉间，不禁哑哑而动。晾凉之后的豆腐斩肉会变软，易于保存。

在我的老家，斩肉最常见的烧法是和青菜放在一起烧。降霜之后的青菜会变甜，将青菜炒至半熟，放入斩肉再煮上几分钟，一道家常的青菜烧斩肉就成了餐桌上的美味。

执 笔

清代诗人查慎行曾为豆腐赋诗,"须知澹泊生涯在/水乳交融味最长",把对豆腐的诠释上升到了哲学的境界。而我的祖辈们把一道豆腐斩肉端上春节合家团圆的餐桌上,用它的朴实和美味,为"家和万事兴"呈上一个实实在在的圆满之意。

烂腌菜和卤水

　　隔上一段时间,家里都会做一道叫烂腌菜的菜。外婆家的这道菜做绝了,特别好吃。母亲是从外婆那里学的。不知道是母亲的手艺没有学到家,还是我的口味变刁了,总觉得少了那么点儿记忆中的味道。

　　现在再想吃到外婆做的烂腌菜也不可能了。她活到了八十多岁,安详地离开了我们。

　　烂腌菜是我老家的菜。说起来,这个菜根本就登不上大雅之堂,普通的饭店,甚至路边的大排档都不会有它的身影。

　　烂腌菜,字面意思就是烂掉的腌菜。我们这里和北方不一样,北方人冬天多是储存大白菜和土豆,我们这里是腌菜,主要是腌高根白和雪里蕻。

　　烂腌菜用的是高根白,这是一种长长的青菜。腌制的方法都差不多,先把高根白洗干净,放在太阳下晾干,码在腌菜缸里,码一层撒上一大把粗盐,一层层地垛好,然后压实了,再用大青石压住,最后盖上盖子。

　　江南的冬天很冷。和北方不同,我们的冷是湿冷,屋里又没有暖气,遇到阴天,屋里比外面还冷。在这样的天气里,腌菜会用时间完成对味道的转化。

　　高根白腌的时间长了,压在石头底下的菜叶会腐烂,黏糊糊的,闻一闻还有点儿臭。一般情况下,这些烂掉的菜叶连着菜帮子都会被扔掉,但在我家里,这就是烂腌菜了。

　　外婆和母亲把烂掉的腌菜叶用碗装着,倒点菜籽油,切上些蒜头、干辣椒,放在饭锅里蒸半个小时,最后撒把葱花,搁上几滴香油,一碗看着丑、闻着臭,但特别好吃的烂腌菜就做好了。

　　老家还有一道菜,叫卤水。这个卤水和大家说的卤水鸡、卤水鸭用的高汤不是一回事,这个卤水其实应该叫卤水面糊糊。做法是把烂腌菜里的盐汁挤出来，和上面粉搅拌均匀，撒上葱花和干辣椒，同样蒸上半小时就可以了。味道自然也是臭臭的，但就着米饭吃很香。

烂腌菜和卤水是母亲家这边的菜。按照现在的说法，这两个菜是根本不能吃的，对身体有害。那年，我老婆嫁进门第一次看到它们，皱着眉头、捂着鼻子问这些是什么菜。我解释了半天，她还是没敢动筷子。

现在每每家里的兄弟姐妹来吃饭，母亲多半会做上一碗。看见大家一副享受的样子，老婆和孩子都是鄙视地哼上一声，一脸的嫌弃。但我们依旧乐在其中，时不时地聊上几句小时候的事情。

我们聊着聊着，又回到这两道菜上，说没了小时候的味道，开玩笑说母亲没从外婆那里学到真本事。母亲回了我们一句，不是味道变了，而是生活好了！大家点头称是。

现在想想，外公和外婆活到了八九十岁，这肯定不是烂腌菜和卤水的功劳。但对过惯苦日子的老人来说，这两道菜是美味。他们懂得满足，在岁月的流逝中随遇而安，过着属于自己的平淡生活。

而我们呢，是否应该学习他们如何从容面对生活的压力。

舌尖金陵

鸭血粉丝汤

鸭血粉丝汤是南京的特色小吃。这道美食是将鸭血、鸭肠、鸭肝和鸭肫等鸭内脏切块切片，放入鸭汤中，再加上一把粉丝和几个豆腐果子（油豆腐）制作而成。它与南京桂花鸭并列金陵美食榜，可谓"鸭走双璧"。

鸭血粉丝汤也可作主食，配上一屉小笼包或一盘牛肉锅贴，妥妥的南京味道。当然，这味道里少不了一勺辣油。

"阿要辣油啊！"

这是一句地地道道的南京话。据史书记载，魏晋时北方士族南渡，立新朝，改金陵为建康，当地的吴语（又称庶音）和洛阳的雅言（又称士音）口口相融，渐成金陵雅音。

南京话即溯源于此。后从隋唐到两宋的数百年间，朝廷先后编《切韵》《唐韵》和《广韵》规范语言正统，金陵雅音虽有没落，依旧占据一席之地。

到了明定都南京，南京话再一次迎来了高光时刻。朱元璋迁数十万江淮人口到南京，其江淮方言与南京话融合，最终奠定了官话标准语的基础，称南京官话，并一直延续到清雍正确立以北京官话为国语正音，南京官话至此结束了作为官方语言的使命。但在民间依旧有着很深的影响力，有"申话不如京话好，南京白话更堪嘉"的说法。清末汉语拼音的创制者卢戆章就倡导以南京话为"各省之正音"，可见南京话的辉煌历史。

湖熟盐水鸭

湖熟盐水鸭，准确地说，是以湖熟板鸭为主的地方特色美食。有书记载，湖熟板鸭已有近四百年的历史，曾作为贡品进贡朝廷，称"贡鸭"。官场上也有馈赠之礼，名"官礼板鸭"。

盐水鸭也称"桂花鸭"。民国《白门食谱》记:"金陵八月时期,盐水鸭最著名,人人以为肉内有桂花香也。"每到秋高气爽的季节,桂花飘香,正是当年鸭子长成时,江宁人家就开始腌制鸭子,自然成俗,"桂花鸭"之名遂广为流传。

湖熟盐水鸭运用"炒盐腌、清卤复,晾得干、煮得足"的传统制作工艺,成品"皮白、肉红、肉嫩","食之油而不腻,香酥适口,回味返甜"。

由此溯名。湖熟古称胡孰,位金陵郊外,天印山东,坐落于秦淮河上游句容河畔,近赤山。

湖熟自上古起就是人类生息之地,原住民孕育了以青铜器为主的湖熟文化,后又发展成由城岗头、梁台、老鼠墩等组成的城邑。

到了西汉初年,湖熟设县,先后属鄣郡、丹阳郡,再几经变迁,于隋时归入江宁,自此没于桑田。

城池虽已消弭,但湖熟没有与它的城墙一起沉沦,反而在上江两县(上元县、江宁县)的岁月磨砺中,找到了属于自己的印记。

那一幕"梁台映月"的夜色,就是梦中的独上西楼,俯望双月临水。而我,就是南朝梁室的太子,泛舟登高,书文释佛。情深处,再来一壶酒,佐以湖熟盐水鸭,谓之"与舌尖缠绵悱恻,与味蕾共度良宵"。

文庙状元豆

状元豆是南京夫子庙的特色小吃。传清乾隆年间,居住在城南的学子秦大士家境贫寒,没有吃的,他的母亲用黄豆煮红曲米,再加一颗红枣,时常鼓励他勤学,后来他果然高中状元。此事传开后,每到科举乡试会试时,附近的小商小贩就在学馆、贡院附近卖起了这样的吃食,并取名"状元豆"。还有一句口彩:"吃了状元豆,好中状元郎。"

文庙状元豆入口喷香,咸甜软嫩,一般搭配五香蛋,与夫子庙奇芳阁的鸭油酥烧饼、麻油干丝,六凤居的葱油饼、豆腐涝,列"秦淮八绝"之一。

再回到秦大士,先被授翰林院修撰,掌修国史,后担任科举官和咸安宫官学、景山官学总裁,最后被乾隆帝授侍讲学士,教育皇子。其一生皆以学问立仕,半百归乡后,在园中种柏、梓、桐、榉树,取"百子同居"之意,期冀世代书香传承。

一碟状元豆出自文庙,而秦大士的故事则是金陵千年文脉中的一页篇章,与古来的文人墨客、经世之才共同撑起了金陵"天下文枢"的厚重。

自东晋朝王导奏请"治国以培育人材为重",晋帝司马衍立太学于建康城南的秦淮河岸,后历时隋唐数百年,至北宋仁宗扩建学宫并祭奉孔子,又称孔庙、夫子庙,文脉已是流长。

到了明清,位于夫子庙的江南贡院进入鼎盛时期,十里秦淮终成文人荟萃之地,李白、刘禹锡、杜牧等一众大文豪写下数篇千古传诵的诗词。而在这些诗词中,除了秦淮河的夜色阑珊外,还有那岸边的秦楼楚馆、水上的画舫乐家,让才子倾慕,但桨声灯影、歌舞升平之下,却也是佳人悲凉。

于是,在金陵的城南,风月与文笔墨并存,造就了南京独有的文化底蕴,惊艳了岁月流年。

扔不掉的家

引子

这段时间我和妻子决定把家里重新装修一下。装修前有件事要做,就是收拾,把用不着的东西扔掉,给装修师傅腾出地方。

商量好装修的日子后,全家人就开始收拾了。我负责客厅和书房,妻子负责卧室和卫生间,儿子管他自己的房间,厨房和阳台就交给了老母亲,每个人的分工很明确。

听同事说,收拾东西有一个大概的标准——但凡两年内没有再用到的东西基本上就可以扔掉了。和妻子商量后,我决定就按照这个标准来。但老母亲表示反对,经过一番耐心的思想工作,她妥协了,但有个条件——她的东西她做主。

没想到,原本想着最多一个礼拜就能解决的事,硬是被我们拖了大半个月。其间的伤感、不舍、犹豫交织在一起,澎湃起伏,纷繁复杂,到最后都有点后悔折腾了。

妻子的旗袍

最先的伤感来自妻子,来自她的衣橱。

打开妻子的衣橱,里面满满当当的全是衣服,挂着的、叠着的,还有一包一包打理好的,整齐地堆在一起。

妻子站在衣橱前深吸了一口气,看架势,好像准备对她的衣服"大开杀戒"了。

"不是有句话说,女人的衣橱里永远缺一件衣服嘛!你这是逮着机会,想着给你的衣橱来一次更新换代了吧!"我打趣道。

"错!"妻子理直气壮地反驳道,"更新换代的衣服永远在路上。"

我无言以对。

"你在这里看到的不是衣服,而是我的青春……"妻子突然像换了个人,语气好似林黛玉一般的伤感。

我望着眼角已见皱纹的妻子,没敢再说话。

"你说这件衣服能扔吗?"妻子从柜子的最里面拿出一件衣服伸到我的眼前。

我瞅了一眼,连忙使劲地摇着头:"这件绝不能扔!"

妻子手里拿着的是结婚时穿的旗袍。

旗袍又称祺袍,以右衽大襟、立领盘扣、侧摆开衩为主要样式,被普遍认为是中国女性的传统服装。

我清楚地记得,这件旗袍是我俩专门到城里的大商场买的。大红色的旗袍,颜色炮丽、款式精致。当时妻子穿着它站在我面前,我的眼睛里顿时放出了两道光——旗袍的确能体现出东方女性的含蓄优雅。

"要不现在穿上再看看……"我笑道。

"你觉得我现在还能穿得上吗?"妻子反问道,把衣服放在身前比了比,又放回衣橱里。

看到妻子低落的神情,想到她从一个豆蔻年华的女孩到嫁给我,从一个上得了厅堂、下得了厨房的少妇到生了儿子,成了一个每天为孩子操劳衣食住行的母亲,一晃眼,十多年过去了。现在,她的脸上有了皱纹,头上有了白发,已无当年羞涩新娘的模样。

"改天再给你买一件……"我讨好道。

"那还会和结婚时的一样吗?"妻子好似自言自语道。

我一时语塞了。

儿子的画

就在妻子为她的衣服感慨时,儿子那里也遇到了问题。问题出在他的

执 笔

画上。

儿子喜欢画画，从小就喜欢。打从他学会了抓笔就开始画，从最简单的直线画到拐拐弯弯的曲线，从一个圈画到无数个圈，从一个方格子画到一座房子，再到一辆小汽车。时间过了好几年，儿子的画也从沙发上、地上，到了墙上、门上。儿子长高了，家里的涂鸦区也在扩张，直到搬了家，那些原生态的画作也送给了别人。

上了小学，看到孩子有空就画，兴趣不减，我们和他商量报了美术兴趣班，他高兴地答应了。现在他已经是个十五岁的小伙子了，房间里堆了好多好多的素描和水粉画，还有他的涂鸦本。

"老爸，老妈，这些画和本子怎么办啊？"儿子在房间里大声地叫道。

"自己处理！"我和他妈异口同声地回道，相视一笑。

在客厅里，除了摆在电视柜上的十几幅作品外，角落里还搁着一个大纸箱，里面全是儿子的画作。按照他姑妈和舅舅的说法，等他出名了，每一张画都是钱！

我们也有这样的想法，所以一直留着他的画，想着如果他真的功成名就了，这些画稿一定能卖个好价钱！

"这些都留着吧！"儿子捧着一摞子画跑来求救，眼里带着深深的不舍。

我望着孩子，又看了看他手上的画，眼角有点酸。

时间过得真快！记得他刚刚会爬时，他用笔在纸上画了一个鸡蛋模样的圈，又在它的下面画了两个小圈。一开始我和他妈没看出来是什么，正纳闷时，他身边的小汽车响了起来，我才看出来他原来画了一辆小汽车。

我从儿子的手上接过画纸，坐在地上一张张地翻着。

第二张是一朵七彩的花，每个花瓣的颜色都不同，十分艳丽。这是儿子两三岁的时画的。在他的眼里，这个世界是花的世界，充满了色彩。

第三张是一座城市，不是我们现在生活的城市，而是未来的城市。那里有几百层的高楼，有在天上飞的汽车……这是儿子七八岁的时候画的。在他的眼里，这是未来的世界，也是他们的世界。

"都留着吧……"我望着孩子他妈。

"儿子自己决定吧！"她朝孩子笑了笑，温柔地说道。

儿子抱着他的作品开心地回到房间里，嘴里哼着小曲。仔细一听，唱的是《我有一个梦想》。

孩子从小的梦想是成为一名汽车设计师。

我的书

我快要崩溃了——我被困在了我的书房里。

眼前是一整排柜子的书，估摸着有二三百本，其中一部分是妻子的。妻子是幼儿教师，她的书多是工作上的。搬了两次家，能够活到现在的基本上就是准备和她长相厮守了。

再看看我的书，多是经过跋山涉水、历经九九八十一难，像跟着唐三藏从西天取回的真经似的。

过去的三十多年，我从南京到北京，从北京到西安，从西安到北京，从北京到南京，搬来搬去的行李中除了四季的衣物外，最多的就是书了。

我坐在书柜前，静静地凝视着里面的书。每一本书都是我过往的印记。

上面一排是外语词典，有日语的，有英语的，还有一本俄语的。我的专业是外语，结果没干多长时间就改了行，天天坐在办公室里和公文打上了交道。这么多年过去了，除了几句问候的话，基本上全都还给老师了。

打开其中一本，一股久未翻开的书潮味扑面而来。这是那年我和同事帮单位领导搬家时领导送给我的，经过几次折腾一直跟着我。现在，它将和二十多年前一样开始面对我的决定——是继续留在这里，还是走向灭亡。

下面一排是历史、国际关系和人物传记类图书。工作的头两年，因为学语言的关系，对世界历史和国际关系情有独钟，曾梦想做个外交官，学张骞凿空西域，开丝绸之路；为国舌战群儒、捭阖纵横。人物传记也多是些历史人物和时代英雄。所谓时势造英雄，他们的成功除了努力之外，还有属于他们的机遇。而对我来说，这些留下来的书证明我也曾经努力过。

右边的柜子里有我的最爱，近百本的《中国国家地理》杂志。

《中国国家地理》原名《地理知识》，1950 年在南京创刊，2000 年 10 月更名。杂志以介绍中国地理为主，兼具世界各地的自然、人文景观和事件，也涉及天文、生物、历史和考古等领域。

我喜欢杂志里的自然人文和历史考古，所以会有选择地买。记得刚创刊时，这个杂志 16 块钱一本，现在是 30 块钱，虽然涨了价，但它的品质一如既往的好，是我平常首选的读物，也是我文学创作中不可或缺的参考读物。

除了书，我还有几十本邮册。

邮票是邮资凭证。除了用于邮政事务外，它还有一个重要的功能，就是归入方寸之间的世界，有历史，有科技，有文化，是世间万物，是人间烟火。邮票是有价值的，而且里面的世界是广阔无垠的。

经过好几天的心理斗争，我的书房除了扔掉一些废纸残物之外，基本保留了它原本的样子。

母亲的腌菜坛子

妻子的衣服扔不掉，儿子的画扔不掉，我的书扔不掉。我们把最后的希望对准了母亲的厨房，结果我们遭遇了一场更加猛烈的阻击战。

我们的目标里有几个腌菜坛子，那是父亲留给母亲的。

记得小时候，到了冬天，家家都会腌菜。我们这里腌的最多的是高根白和雪里蕻。以前家里穷，父母每年都会腌上一大缸，平时用菜籽油炒一炒，偶尔放点儿肉丝，特别下饭，尤其是拌在稀饭里，连咸菜都省了，我家能吃上小半年。

后来生活好了，吃的东西也多了，一年四季都有新鲜的蔬菜，腌菜的人就少了。不过父母已经习惯了，没有大缸腌，就买来几个小一点儿的坛子，腌些蒜头、生姜什么的。

我们家最受欢迎的是父亲腌的蒜头。父亲腌的蒜头就像一颗颗泡在水里的石头，晶莹透亮。放到嘴里咬上一口，脆脆的、酸酸甜甜的，少了生蒜的辛辣，吃进肚子里仍有烧灼感，但很舒爽。

虽说喜欢吃，但我们谁也没有想过和父亲学一学。父亲离开我们好几年了，腌蒜这些事很自然地交给了母亲。她每年会腌上两三坛子，我们兄弟姐妹分一分。要说口味，似乎比父亲做的差了点，但我们不会和母亲说，因为这不是味道的问题。试想一下，我们又有谁想过给父母腌一坛子蒜孝敬他们呢？

后记

装修师傅动工的前一天，我们好歹把家给收拾出来了。站在并没有腾出多少地方的家，全家人仿佛来了一场回忆往事的旅行、一场感叹人生的洗礼。不管是最后被忍痛扔掉的，还是最后仍被留下来的，每一件衣服、每一张画、每一本书，还有腌菜的坛子，全都成了我们的家人。

"除了结婚时穿的旗袍，还有生儿子那天穿的孕妇装……"妻子说。

"除了我的画，还有我的手账本……"儿子说。

"除了我的书和邮册，还有笔记本……"我说。

"除了腌菜坛子，还有你们的父亲留下来的辣椒籽……"母亲说。

那我们能扔掉什么呢？我和妻子面面相觑，一时没有找到答案。

那扔不掉的又是什么呢？我和妻子相视而笑，异口同声地说道："扔不掉的是家！"

自 己

午夜时分，我终于爬到了山顶。

站在山顶最靠边的石台上眺望四周。我的呼吸有些急促，可能是因为一路爬上来喘的，也有可能是登上山顶，有点兴奋。

夜幕之上，一轮皓月似和氏玉璧，发出柔和的光线，漫射到重峦叠嶂间；夜色之中，星星点灯，布满了整个天空；星河之下，隐去了山的高度，只有连绵起伏的灰影，仿佛沉睡的巨人静静地躺在天地间，与岁月同眠、与时光共醒。星闪月漫，能够看到山中的树林枝繁叶茂，夜风徐拂，如海平面上的一袭轻浪，像极了生命的旋律。

我平复着自己的情绪，虔诚地扫视着深夜中的风景，不仅是在欣赏，也是在沉思。周围一片空寂，我能听到自己的呼吸，能听到自己的心跳，知道我还活着。我清楚自己为什么在深夜一个人跑到山上来，不是追求刺激，而是因为临睡前突然想到的一个问题。

现在我站在了山顶之上。眼前的一幕，是另一种风景下的"会当凌绝顶，一览众山小"，与阳光下的蓝天白云、林海湖泊相比，此时的山巅影像少了一份清晰，多了一份平和，更有一份幽静。

这一刻，我对自己的深夜独行有了新的感受，不是忐忑，而是愉悦，甚至想继续走下去也挺好，可以看到很多人看不到的风景，经历自己从未有过的故事。我想到了夜跑，想到了夜钓，那这次是否可以称为夜行呢？一个人的夜行，在夜行中独享风景，在风景中独悟人生。

这也是一种遇见——身体和心灵的相遇。

满月西斜，悬在山脊之上，模糊不清的山峦被月光勾勒出错落的峰线，远远望去，透出隐隐的冷意。已是子夜，我却毫无倦意，看完了山，我还要去观湖。

在半山腰里有一个小小的湖，我在山顶的时候就看到了。月色下，湖面泛起微蓝的光雾，映出湖边山林的倒影，仿佛虚幻之境。远眺之余，让人不由得产生走近它、亲近它，抑或跳入湖中洗去一身世俗尘埃的冲动。

我沿着崎岖不平的山路向下走。说是山路，不过是山石杂草中勉强让人下得去脚的小径，几乎没什么人走过。此时，我就像一个徒步的驴友，喜欢走在荒郊野外，看月栖日出、赏霞飞云移，将身体与心灵一起归于脚下，只为坚守内心的追寻。

耳边传来枝叶随风摇曳的沙沙声，间或还能听到不远处的山谷里溪水流淌的潺潺声。我避开裸露的山石和带刺的灌木丛往下走，周围暗了许多，几缕月光透过林子的缝隙渗进来，勉强能够分辨方向。我踮着脚，小心翼翼地踩着盘错的树根，两手扶着树干，慢慢地下到了湖边。

眼前是一汪静静的湖水。湖面不大，嵌在草灌中不见一丝波纹。月光漫射，如银似雪，倒出临湖的树影，茂密的水杉林笔直高耸，仿佛一幅水彩画，充满了自然素朴的意味。

我在一块平坦的石头上坐下来，凝望着月下的湖面。我的心情是平和的，思绪却是跳跃的，没有固定的内容。看到月亮，我想起了嫦娥、吴刚、环形山，还有阿姆斯特朗和阿波罗。看到星星，我想起了北斗七星，还有一个问题：人类究竟是不是宇宙中唯一的高等级生命？看到山谷，我想起了中国的名山，古语"重如泰山，轻如鸿毛"，还有珠穆朗玛峰。看到森林，我想起了春天的柳树柳梢点水、夏天的樟树叶繁荫密、秋天的银杏温馨浪漫、冬天的青松傲然迎寒，还有一年四季、岁月轮回和生命的真谛。看到湖水，我想起了溯水行舟、上善若水，还有大江东去浪淘尽，时光流逝，总在不经意间已是日出朝霞、晚霞夜空。

我不知道在湖边坐了多久。温润如玉的月亮又向天际线滑行了一段距离，渐渐地靠近了山顶，给峰峦的边缘描上了一道清晰的银色线条。我有点儿冷，但没什么困意。我决定继续走下去。

此时此刻，我的内心是平静的、身体是轻快的。我要继续走，一直走下去，一个人、一条路、一风景、一世界，没有明确的目的地、没有时间的概念、没有空间的束缚，随意而走、随心而行。

深夜两点多，我下了山，沿着小路朝山脚的小村子走去。借着月光，小小的村落坐落在一方土台上，村后是平缓而上的山坡，坡上是一片茂密的树林，夜风拂过，枝梢如浪；村外，一弯小溪伴村而过，涓涓潺潺，月下似银河星海，透着从容，寓意着岁月不止。

此情此景对我来说，自有一番理解和感悟——人虽是群居动物，却总有唯我独尊的臆想，现实中无法实现，就在梦里过瘾，甚或独行江湖，在高山流水间孤享日月星辰，以慰清高。我也是芸芸众生中的一个凡夫俗子，早有自知之明，但偶尔也会幻想一二，终究不过是自欺欺人、掩耳盗铃罢了，没有任何实质的意义，纯属大白天做美梦。

我边走边四处张望，沿着村外的石子路进了村子。村子里安安静静的，没有几盏灯火，只有如水的月光洒在地上，映出房角屋檐的轮廓，显得有些萧瑟。村里人都进入了梦乡，而我依旧在前行，只为追寻内心的安宁，甚至是一种痴迷孤独的自虐。

我想到了一部电影。影片讲述了一个快递员因飞机失事被暴风雨冲到没有任何人烟的荒岛上，从绝望到求生，最后重回现代社会的故事。很多人都向往能有这样的经历，一个人、一座岛，就是他的王国、他的世界。只是每个人都清楚，真的遇到了，自己也不可能活下来，因为大家可以忍受物资上的贫瘠，却无法战胜恐惧和孤独。这是人的本性——不可能脱离他人而独活。

我站在村口，望着通向外面的路。我不知道沿着这条路还要走多远才能到最近的镇子，但不管多远，前面一定有集镇、有城市。那是人们聚居的地方，不论是繁华还是落后，不论是喧闹还是宁静，我们总是在彼此的交集中生存。

星辰闪烁，玉盘般的皎月已经走到了山峰的边线，银光洒落，照亮了树林。月走风起、风起叶扬、叶扬音弥。只是在这一方的宁静中，时间并没有停止，一直按照自己的节奏，一刻也不会犹豫，更不会倒退。

我沿着溪边向前走。我想好了，不看时间、不管地方，向前走就行。周围是山，是水，是弯弯曲曲的山路。人在走，月亮也在走，慢慢地落到了山的后面。天色微微发白，东边的天空中溢出了丝丝的浅霞，太阳即将升起。

我转身上了一条不宽的水泥路。路的两边是几排水杉，笔直高挺的枝干、疏密有致的叶条，抬头仰望，就像一把把长长的利剑插入云霄。我一阵眩晕，心里有点儿恐慌。至于为什么，我也说不清楚。

已是晨曦微露时分，路上没有一个人，田间地头也看不到人。虽说这里是一隅山落，眼下是春耕节气，正是农家山民忙碌的时候，可四周根本看不到上山下田、过村赶集的人，俨然还是严冬酷寒般的空旷寂静。

我有点儿累了，想早些赶到镇子上找些吃的，再找个地方睡上一觉。此时，我已经没了早先的冲动——想着独自一人去流浪，寻找只属于自己的世界——而是感到了孤单，感到了无助。我加快脚步急急忙忙地向前走，边走边前后望着，想搭个顺风车去镇里。

太阳已经冒出了头，害羞地躲在山脊的背后，给峰峦抹上了两三层鲜红的唇线，可以看清山坡渐或平缓，矮成了小小的山丘，在不远的地方与田埂连成了一片。

走了好几个小时，原本的激情被一夜无眠带来的疲惫消磨得只剩下一点自我安慰似的坚持。我无力地站在路边，左顾右盼，指望能有人把我带到镇子上。等了小半个时辰，别说车子了，我连一个人影都没有见到，甚至连一只在农村山里最常见的狗都没有碰到。

我迷茫了，不知道身在何处，为什么只有我一个人。我眺望四周，目及之处有一大片林子，林间的缝隙里露出白墙黑瓦，应该是一个村子，或者是集镇。

我终于走到了镇子里。这是一个藏在树林中的江南古镇，小桥流水人家、白墙黑瓦窄巷，一幅水乡鱼泽的极致美景。弯曲的小河穿镇而过，河水平缓，只在几座小石桥下垒起的小坝边变得湍急起来，激起阵阵浪花，细听就像一首晨曲。

清晨的镇子里也是一个人都没有。印象中晨曦炊烟、溪边浣衣的人间烟火并没有出现在我的眼前，就连鸟儿的晨鸣也成了奢望。此时的小镇不是悠然自得，而是万籁俱寂，仿佛一部无声的电影，让我感到了压抑，无法言语。

我想逃走，但两条腿根本不听使唤，硬生生地把我拖进了镇子。我的目光扫过尺巷里的院墙，白色的墙面历经岁月的洗涤，有的地方已经变灰发黑，一眼望去，仿若书画大家的随性泼墨，用阳光细雨绘出时光流逝的中国山水画。有些墙皮已经起皱脱落，露出泥抹的浅黄色砖体，如年轮的伤痕，记录着小镇的古韵绵长，更有一份隐世的无欲洒脱。只是这份隐世看上去更像是逃离，是人们的主动选择，选择离开。

我不敢再停留，使出全身的力气向镇外跑去。我已无心欣赏任何风景，也不再琢磨此行的意义，只想赶紧逃回那个世俗凡尘的城市。我意识到，人不可能在孤独中生存，哪怕为了追求刺激。

我不知道跑了多长时间，只是机械地向前跑。周围已无一物，没有山、没有水、没有村子、没有集镇，只有一条路，没有任何可以辨识的参照物。我一个劲儿地跑，已经感觉不到累，感觉不到困。一股强大的力量推着我向前，越跑越快，越跑越远，似乎一刹那间，前面出现了城市的模糊影像，有高楼大厦，有霓虹闪烁，但还是没有一个人。

恍恍惚惚之间，我发现自己站在了一幢高耸入云的大楼楼顶上，四周全是缓缓飘移的云雾，看不到任何灯光。不远处，有一台超大的望远镜，镜头上倾，冲着漆黑如无底洞的夜空。

我的内心充斥着恐惧，感到了从未有过的孤独，完全没了站在山顶时体验到的"一览众山小"的感觉，也没了在湖畔时享受到的岁月静好。

此刻，只剩下绝望和无助。

我呆呆地盯着那台望远镜，冒出一个很奇妙的念头。我走过去，两眼紧紧地贴着目镜。

镜头中，满天星辰，其中有一颗闪烁着光芒。我慢慢地转动着，星星越来越近、越来越清晰，蓝色的星球上有云、有水，还有万家灯火。

影 像

一

祁典坐在自家的书房里。书房不大,也就二十平方米。朝南是一扇双开的木窗,半开半掩。初春的阳光照进屋里,在青砖铺成的地面上投下一束柔和的光线,微小的飞尘飘浮其中,透着时光的静谧,又似岁月悠远。

一张古色古香的木书桌横放在窗前。桌子的左侧摞着几本书,最上面是《时间简史》。书的旁边搁着一方石砚,砚上雕梅画兰、刻竹印菊,砚心一汪黑墨。右侧摆着一副笔架,挂着几支长短不一、有粗有细的毛笔,狼毫、羊毫兼有。桌子的中间铺着一张宽幅宣纸,两端压着尺长厘宽的黑石镇纸。靠墙的地方是一整面的博古架,不同形状的格子里摆着书籍照片、瓷器什么的,古韵文雅。

祁典坐在泛红的高背木椅上,左手卷着一本线装竖印古籍,右手随意地搭在椅子扶手上,头微微地扬着,目光落在密密麻麻的繁体字上。他一会儿看上几段文字,一会儿闭上眼睛潜心沉思,再睁开再闭上。

光线从博古架边缓缓地移到高背椅上,在地上映出一幅清晰的画,直线条的椅廓和曲线条的身影仿佛被定格了。

二

温暖的阳光越过书桌移到了桌前的地面上,就像舞台上的聚光灯,射出一道光束落在地上,打出一个斜斜的光圈。光束中,尘埃似絮,演绎出时空的漫长。一只小小的飞虫闯进来,沿着光圈的内侧快速地转圈飞舞,犹如在宇宙星辰间航行。

祁典直了直身子,把手中的书放下,起身拿起桌上的镇纸,在空中划过一道弧线,慢慢地落在纸的左端,又滑过整张宣纸,压在右侧。他从笔架上取下一支狼毫，提在手中，望了一眼刚掩上的书籍，蓝色的封面上写着三个隶书字——捭阖策。

光束中的尘埃似在漫无目的地自由飘浮却透着悠远的意境。他的目光掠过尘埃，定在了那只小小的飞虫身上。一分钟，两分钟，三分钟，光束在移，尘埃在飘，飞虫在飞。

光移到了门边。靠墙的角上放着一面落地镜，中式木纹外框，镜面光洁明净，似远山深谷里的一池湖水，平静无漪。光束在慢慢地移动，终于移到了镜面上，一道刺眼的光线瞬间反射，直直地照到了祁典的眼睛里。他本能地闭上眼睛，歪了歪脑袋，向旁边挪了两步，挤了挤眼睛又睁开了。

三

周围一片透明，无影无声。祁典发现自己置身于一个完全陌生的空间里，身边什么都没有。他感觉自己正平躺着，但看不到床、见不到地，瞅不到墙、望不到顶，身体轻飘飘的，好像浮在半空中。

他想坐起来，但全身没有劲儿，根本起不来。他恐惧极了，自己的四肢能动、脑袋能动、眼睛能动，但眼前没有任何可以看到的东西，耳边没有任何可以听到的声音，鼻间没有任何可以闻到的气味，甚至感觉不到空气的存在。

祁典赶紧闭上眼睛，不敢再看。周围什么都没有，哪怕是一束光。他不知道发生了什么，只记得自己在书房里看书，一束阳光照在镜子上，反射到脸上，刺进眼睛里。

不知过了多久，他隐约感到耳边有了一点细微的声音，不急不缓带着节奏。他睁开眼睛，四周还是一片透明，看不到任何物质的东西，自己就是飘在半空中。

我究竟在哪里？为什么会在这里？为什么会浮在半空中？

一连串的问题在他的脑子里转悠。他想知道答案，但不知道该怎么办。

眼前没有任何参照物，没有任何熟悉的场景，唯一能够意识到存在的就是耳边的声音。

祁典竖起耳朵警惕地搜寻着声音的方向，声音绕在耳边，却是行云般的散漫，根本听不出来自哪里，只是一直在持续。他睁开眼睛直视着正上方，他有强烈的预感，虽然眼前是透明的，但总有那么点玄妙，耳边的声音不是在告诉他什么，而是在提醒他。

既然自己找不到答案，那就让答案主动来找自己吧！

四

耳边还是有平缓的细微声。他静静地等着，意识中仿佛没了时间流逝的概念，也没了岁月更替的痕迹，随之而来的是内心的平静，而不是最初的恐惧。

声音消失了，四周又恢复了寂静。祁典感觉眼前出现了微妙的变化，若隐若现的，不再是空无透明的。一缕淡淡的赤色在慢慢地聚集，瞬间又缓缓地散开，然后是橙色，先聚后散，接着是黄色、绿色、青色、蓝色、紫色，聚合消散，循环反复之后，七彩的虚幻不见了。

祁典觉得自己走过了一场多彩的色泽之旅，美妙神奇，就像心灵之邀，又是省悟之约，洗涤了曾经世俗的过往，进入了脱俗的深邃境界。他明显感觉到自己的内心从平静转入了空寥，不再孤独而是淡然。他被七彩的虚幻迷住了，看似虚无却真实，更有一份空明的悠长，就像被包裹在一片温暖之中，犹如阳光沐浴。

他不再考虑自己身在哪里，反而有了期许，想着七彩的虚幻能够再次出现，也一定会出现，其后还有他无法预想的影像。他在等待已经消失的声音。他知道，行云般的声音是七彩虚幻的前奏，是打开七彩虚幻的钥匙，要想再次看到它，就要静下心来，人心合一，才能做到人景合一。

五

祁典的耳边又响起了细微的声音。相比第一次更加悠远，与他的内心产生了共振。他静静地听着，脑子里浮现出七彩的虚幻。这一刻，人、心、音、影汇聚在一起，构成一幅无界的时空音像。

声音在慢慢地消失，他睁开眼睛，正上方开始出现蒙蒙的紫色，慢慢地聚集又慢慢地消散，然后是蓝色、青色、绿色、黄色、橙色、赤色，周而复始，聚散间无时无形。

祁典完全忘了自己正处在一个极度陌生的空间里，早先的恐惧也没了踪影。他兴奋地发现七彩的虚幻和第一次有了不同，颜色的顺序反了，时间长了，循环的次数多了，色泽更加绚丽清晰。

虚幻又消失了，但似乎留下了微点，看似静止不动又好像在积聚力量，等待爆发。

六

似乎就在毫秒之间，也好像是久历岁月，微点开始闪烁，先是缓慢闪灭，瞬间频显频消，从微小的一点孕育出两个点、四个点、十六个点，直至无数个点。星星点点之间，七彩斑斓。

祁典露出惊喜的神情，眼前的一幕好像在哪里见过。微点的中间出现了一个透空的细小圆环，所有的微点都围在其外沿极速地闪烁累积，似乎在等待某个时点。

他死死地盯着神秘的微点，竖着耳朵捕捉着密集有序的声音。他敢肯定，随着微点的闪灭和声音的显消，他即将看到的一定是自己无法预见的影像，而影像所呈现的就是他要寻找的答案。

七

微点还在不停地闪烁，圆环中开始出现模糊的曲线，仿佛一团烟雾，看不出任何影像。刹那间,圆环膨胀起来,还没等祁典反应过来,环外的微点被拉成了七彩的光线,在他的眼边飞驰。光线划过的那一刹那,声音消失了,圆环遮住了整个视线,环中的烟雾越来越浓,快速地飞转打圈,聚集变化,开始形成影像。

影像虽然模糊,但已经能看出大概,就是祁典自己,正平躺在半空中,周围什么都没有,空无而透明。他猛地一惊,心疾速地跳动起来。他想爬起来但全身软而无力,根本起不来。他想抓住影像,伸出手却什么也没触摸到。

影像中,祁典已是白发苍苍,松垮的脸上布满了深深的皱纹,眉毛如竹叶覆雪,眼睛已经深陷,眼袋下垂,鼻尖上黑斑点点,似枯叶虫眼,双唇灰黑干裂,像是两瓣干瘪的毛豆壳。

这是垂老的祁典。这个时候,圆环就像是一面镜子,照出了祁典,也照出了他的生命。他呆住了,但没有流露出任何对岁月流逝的无奈,反而显出对生命初始的渴望。

八

祁典望着圆环中的自己,内心是平静的。他看到了暮年的自己,按说应该感到恐惧,但他没有恐惧,反而是期盼,期待能够看到生命中的其他时光。

影像开始模糊,渐渐地淡去,很快又恢复了透明。然后又是烟雾,缓慢无形,由浅到深,呈现出新的影像。影像中还是他自己,坐在一池湖水之畔。湖水之上,天高云淡、碧空骄阳,湖面水色如蓝、清澈见底,湖边花草绿茵、轻风吹拂。

祁典目光柔和,眼中藏着出世脱尘的从容。头发已见缕缕银丝,道道皱纹爬上额头眼角,刻出岁月沧桑之感。

他在湖边坐了很长时间。从清晨的朝霞映湖,到午间的暖阳敷水,再到黄昏的日薄西山,他赏景追忆,脑海里划过一幅幅人生的画面,如影片的精彩桥段。

今天是祁典退休的第一天。他有点儿失落,感叹时光如驹,转瞬已是耳顺之年。他一生虽无大错,亦无大成,没有大的坎坷,也不能算一帆风顺,芸芸众生中的普通人而已。

圆环中的影像渐渐模糊,又变成了一团烟雾。他知道,烟雾不是消失,而是在重新聚集。刚才是他的暮年、耳顺,接下来又是他的哪段岁月呢?

九

烟雾在慢慢地聚合,影像再次清晰起来。这是家里的书房。阳光照在其间,光线中一片浮尘。博古架、高背木椅透着古色雅韵,老木桌上摆放着文房四宝,桌角放着本书,封面上印着《时间简史》四个字。

祁典坐在椅子上,手里捧着一本线装古籍,书名写着《捭阖策》。他静静地读着,光线照在身上,在地上打出一个暖阳古风的影子。这一刻,时间好像停止了,岁月似乎也停了,不再向前,不再后退。

此时的他已是不惑,经历了青春的飞扬之后,酸甜苦辣都尝过了,心态平和了许多,有时候更有一份看破红尘、不问时光流逝、只待日月悠长的情怀。

光线在缓慢地移动,从桌前移到了书房的门边。门边是一面落地的镜子,照出书房里的陈设。祁典的目光注视着光线的移动,一秒钟,两秒钟,三秒钟,光线照到了镜面上,瞬间反射,直接刺进了他的眼睛里。

十

祁典平躺着。圆环中的影像又模糊成无形的烟雾,不停地聚散重合。此时,他心中的恐慌消失了,取而代之的是感慨——圆环中的影像就是他的一生,逆向回放的人生。接下来应该是他的过去、曾经的经历。

圆环中的烟雾似乎读懂了他的心思,不再缓慢聚集,而是快速翻滚成形。影像中,祁典从四十岁的不惑,到三十岁的而立,从二十岁的弱冠,到十岁的幼学，过往的点点滴滴如镜头回放，分秒之间就回到了蹒跚学步、牙牙学语，直到母亲躺在床上挺着大肚子，满头大汗，撕心裂肺地大叫着。父亲站在屋外，露出焦急而又兴奋的表情。

祁典似乎明白自己在什么地方了。他没有惊讶，也没有愉悦，没有满足，也没有遗憾。

影像快速模糊起来，变成了一团烟雾，无形无界，在圆环中聚集。祁典的耳边又出现了细微的声音，平和有韵，七彩的线条从眼前后退，变成了无数个微点，不停地闪烁，圆环开始收缩，最后回到了微点。

瞬间，线条消失了，微点消失了，声音消失了，一切又恢复到了最初的空无透明。

床

慕容晨的家里有一张老床。用过世爷爷的话说，这张床是祖上传下来的，有两千年的历史了。

两千年的历史？这是个什么概念？

慕容晨第一次听到爷爷这样说的时候还是个孩子，自然不知道两千年意味着什么。等他懂了，第一反应就是：爷爷肯定是骗我的！

在他看来，能有个几百年，明清朝的床就已经是老古董了。两千年？那是秦汉时期？那时就有床了吗？那时候的老百姓不都是睡在地上的吗？最多在地上铺层枯草，有钱的人家垒个台子，上面铺床被子罢了。

但家里的这张床的确是张床。

什么样的床呢？慕容晨上初中后专门探究了一番，顺便了解了一下床的演变。

床，广义上是指床、榻或两者的统称。《广博物志》中有记载，"神农氏发明床，少昊始作箦，吕望作榻"。汉代刘熙在《释名·床篇》有解，"人所坐卧曰床""长狭而卑者曰榻"。《说文》有说，"床，身之安也"。

慕容家的这张床，说到底更接近现代的床，而不是传统意义上的榻。床的大小也如平常人家的双人床，木制床面，三边无栏，唯一窄面立横板，约两尺高，有雕刻，床腿方柱形，十寸余高，无图案。

床面呈紫色，有微纹，边沿处可见滑红。再看窄面细雕，图案饱满、古拙深沉，有"龙凤""麒麟""仙鹤""松树"等画风寓意，亦刻"福禄喜寿财"等吉祥字，可谓从生至死皆有表示。

"你爷爷说得没错，这张床的确有近两千年的历史了，准确地说有一千七百年了，是东晋时期的。"慕容晨的父亲解释道。

这也太夸张了吧！凭什么就认定是那个时代的呢？是找专家鉴定过，还是用测年代的什么碳 14 测的？慕容晨的脑袋里跳出这样那样的疑问，脸上露出很是不屑的神情。

慕容晨的父亲显然早想到儿子会有这样的表情，和自己当年一样。那个时候他也是十来岁，是他的爷爷告诉他的。当时这张床不是现在的样子，床面、横板和床脚都被铁皮包得严严实实的，乍看上去还以为是张铁床呢！

当慕容晨看见父亲不急不缓地走到床头边，伸出右手食指，轻轻地放在横板左上角的那幅"喜上眉梢"的梅花图上，用力按下去时，他的心猛地一收，随即屏住了呼吸，死死地盯着床身。

难道这是个机关？床里面还藏着东西？那会是什么东西呢？慕容晨瞬间想到了一连串的问题。再看父亲，一动不动地站在床边，凝视着横板。

时间在一秒一秒地溜走，横板上没有任何动静、床面上没有任何响声、床脚上没有任何反应，整张床像往常一样孤零零地立在墙角，似素描静物一般。

搞得神神秘秘的，还以为有什么好玩的呢！慕容晨想着，藐视地笑了笑，准备转身离开。

"咔……咔……"轻微的声音响起，拽住了慕容晨。他眼睛一眨不眨地盯着横板上的浮雕，呼吸仿佛停止了，一种深厚的庄重感突然从心底涌出，刹那间随着血液灌满了全身。

横板正中间那对龙凤戏珠中的铜钱大小的烈焰火珠"咔"地鼓了出来，变成了一个球形的按钮。

"有情况！真是一个机关啊！"慕容晨顿时来了精神，几步跨到床头边，惊喜地盯着，耳朵直直地竖了起来，等着更加神奇的事发生。

"老爸，怎么又没动静啦？"慕容晨不解地瞅着父亲，急切地问道。

慕容晨的父亲没有回答，仍旧一动不动地待在原地，就像在等待某个重要时刻。他眉间舒展、目光平和、双唇微翕，感觉进入了禅定状态。

不会是故弄玄虚吧？可这看起来的确是个机关啊！这床里到底藏着什

么秘密呢？慕容晨没再问父亲，而是耐着性子等着，开始臆想各种各样的结果——武林秘籍、稀世孤本、字画真迹——难道我们慕容家还是名门之后，祖上是朝官富贾？

慕容晨正天马行空地胡乱想着，只见父亲双手合掌置于胸前，朝床榻颔首三鞠躬，稍作停顿之后，伸手放在火珠上，轻轻地扭动了一下。又是"咔"的一声，床面的中间撑开了一道寸把宽的细缝，像是打开了一扇平放的木门。

这又是什么情况？没这么玄乎吧？慕容晨寻思着，想看看床里面究竟藏了什么宝贝，让父亲如此敬畏。

这次慕容晨的父亲没再静默，而是会心一笑，弯下腰，双手扶住床板的边沿，用力一拉，半边床板被拉了出来。慕容晨睁大了眼睛，视线停在被拉开的床面上，心头不禁一惊，一时间竟有了眩晕的感觉，双腿微微发软。余光里，他看见父亲镇定自若，甚至有一种如释重负的轻松。

床面下露出一方暗格，不深，约两寸。里面铺着一大张泛黄的纸，密密麻麻地写着字。还有一部分被另半边的床板遮着，看不清楚。

慕容晨站在床边，弯着身子，准备看个明白，父亲已经走到另一边，径直拉开了另一边的床板。

慕容晨惊呆了。眼前是一整张和床面一样大小的绢纸，全是字，还有几幅人像。扫眼望去，都是书写工整的繁体字，明显不是一人所写。

"这就是我们慕容家的家谱，我们慕容家的历史！"慕容晨的父亲注视着家谱，神情庄重，言行中带着深沉的仪式感，在不知不觉间将他带到家族的千年传承中。

"儿子，是时候让你知道我们家族千百年的荣耀辉煌和曲折沧桑了！"慕容晨的父亲走到床边的博古架前，拿过一个手电筒递给慕容晨，话里的每个字都饱含着岁月的久远与世事的深邃，让他肃然起敬。

"在这里，你看到的不仅是家族的延续，也是人生的感悟……"慕容晨的父亲打开手电筒，一柱橘红色的光束投在家谱上，打出一个不大的光圈。

光圈里，尘埃飞扬、字画漫墨，将慕容晨带进了千百年的时光中。

"国运殇，祖自北方出，都城渐远。走太行，过淮水，居河洛。百年间，习入中州，分慕氏、容氏两支。中原陆沉，慕氏族随士大夫衣冠南渡，至江左。时东晋都于建康，慕氏紫金度势以利，自绝于燕，启族立谱，训四子，是为开宗。

"后紫金次子慕左袭爵，官势渐盛。紫金病重卧床，逝前立嘱诸子，传床于左，训之：生老病死必于此床。子孙皆疑，紫金指床侧一书，溘然离世。

"慕左阅知，紫金从元帝令，执监佛事，集义学，与百僧论禅，终悟，著《瓦官醒义》。书中首篇即为《床论》，曰：'佛指八苦，生为先，老为后；病为中，死为终，皆是时，亦是事。见时事者，床者。'

"慕左后，有慕羡、慕岑、慕之，皆承祖意，传床于子。隋唐末，江左有南唐朝，时慕氏燕为当朝筠州刺史，位高权重、族势昌隆，终复祖姓，改慕容燕为新始祖，历宋元明清四朝。

"慕容晨系宗祖慕容紫金七十代孙、新始祖四十四代嫡孙，别子之位。"

望着族谱长卷，慕容晨思绪万千。他实在没有想到，在自家小院放了这么多年、从小看到大的这张床，还有如此久远的历史和祖传真谛。

天色已晚，暮日晚霞，缕缕夕阳漫进屋里。微暗中，橘红色的光束落在了族谱的下部。慕容晨的目光停在了文字上，久久没有离开，心绪涌动，仿佛浪花朵朵，冲击着他的认知和感悟。

不同寻常的族谱上写着：慕容庆，生于民国十五年，婚于民国三十六年，逝于二〇一四年；慕容康，生于一九五一年，婚于一九七七年；慕容晨，生于一九八一年……

慕容庆是慕容晨的爷爷，慕容康是慕容晨的父亲。他们，还有慕容晨，都是在这张已有一千七百年历史的床榻上出生的。

慕容晨这才意识到，这张床已不仅仅是一张床，而是家族岁月流逝、世事移往的安身之所，也是生命轮回的见证。

瓷上情

"君生我未生，我生君已老。

君恨我生迟，我恨君生早。"

特别喜欢这首古诗。无题，无名氏作，镌刻于一青瓷执壶上。凝其器，青泽无华，素色典雅。腹部肥大饱满，喇叭口，六边短嘴。读其词，虽无唐诗的磅礴雄浑，亦婉约缠绵。字里行间寥寥数语，直白不藏，却倾吐衷肠、情深义重。

闭上眼睛默读之，人已醉、心已痴，身似穿越时空，梦回大唐。

湘江东岸，蔡家洲头。月光皎洁、星河璀璨。

驻足江边，遥看石渚湖，半月下的湖面，涟漪微荡、波光粼粼；湖边，屋线起伏、舟影约约。目及之处，正是那一幕"春江潮水连海平，海上明月共潮生"的静美夜色。再望依山建的窑口，焰火闪耀，似星辰一般。所以天地相契，仿佛天上人间。

我开始寻找题诗的人。

题刻之瓷外观朴实，并非精致，题字甚或有些许粗糙，我猜测可能是瓷工私下烧制而成。此处是长沙铜官窑，始于初唐，历盛唐繁华，经安史之乱，至五代渐衰。有书记载，"依山窑口，柴火烧窑，古岸陶为器，高林尽一焚。焰红湘浦口，烟浊洞庭云。迥野煤飞乱，遥空爆响闻。地形穿凿势，恐到祝融坟"，可见窑名之誉甚远。

文首的情诗刻于壶身，五言诗，这也是铜官窑的特点，开创了诗文题记修饰的先河。诗文非韵律文，不求意境，只求通俗，多反映世间百态，用词纯朴，情感炽烈，乡土气息落笔即见。

走在石渚河边，周围是阡陌垄田，麦叶随风掀起阵阵微浪，时不时能听到清脆的蛙声，偶尔从不远处的村间窑头传来几声狗的吠叫，仿佛在提醒村里的窑工，有人来了！

我是来自时空之外的人。或许在村里人看来我是个外乡人，一身奇装异服更是似神似鬼。但我知道，自己就是尘间的一枚凡胎，只是痴迷于一首不知何人所写、何人所题的情诗，心随诗意而飞，跨越千年，探寻诗外那一段已经消逝于岁月的爱情故事。

漫步行至村头，原本在江边看到的点点窑火一下子没了踪影，想来是被遮在了简陋的草屋林木中，一时倒看不到窑口在哪里了，真是应了那句"不识庐山真面目，只缘身在此山中"。再四处寻找，在那月影散漫、水光泛映的一方池塘边，枝动叶摆的间隙，火苗隐隐，跳跃于夜色里，宛若一盏明灯，照亮了我前行的路。

转过屋角，不远处的小山坡上，窑身嵌于其中，窑线斜倾。坡下的窑头前，面朝膛口坐着一个男子。窑边挂着的纸灯发出微弱的光线，依稀看出他是中年的模样，手里捧着一个壶形陶坯，正低头凝视着。片刻又抬起头，望了望窑头，似乎在想着什么，又在犹豫着什么。

我生怕打扰到他，便放慢脚步，沿着窑房绕过小池塘，见池中荷叶田田，一两朵盛开的荷花在淡月浅云下随风摆动，尽情地舒展着它们的身姿，在深夜犹如仙子曼舞，高洁静雅又风姿绰约。我不由得站住了，目光留在了花蕊上，心里还在琢磨如何和看窑的男子打问题诗之人。

夜已子时。夜幕之上，雾月踏云、星辰流光。村里一片寂静，不时传来微微的柴火声，提醒我这里是大唐的湘水江畔、潭州城外。我也预感到，眼前的这个窑工可能就是那个题诗之人，他手中的执壶陶坯上写的或许就是那首流传千古的佚名诗。

我犹豫了半小时，轻手轻脚地走到男子的身后，生怕惊扰了他的沉思，而目光却扫在了执壶上，瞬间痴了……

"君生我未生，我生君已老。

君恨我生迟，我恨君生早。"

走过池塘边的窑场，翻山越岭，百里之外就是洞庭湖。

"湖光秋月两相和，潭面无风镜未磨。遥望洞庭山水翠，白银盘里一青螺。"这是洞庭湖的绝美风景，烟波浩渺间，四季皆桃源。

在湖西的岸边有一村落，名莲花塘村。村里有一大户人家，家中有女，名云苏，虽无倾城之貌，也是秀丽可人，自小不愿藏在深闺中，时常溜出家门，扮成男孩模样，四处闲逛。

这一日，云苏和丫鬟又瞒着爹娘偷偷跑到湖边玩耍，不觉天就黑了。刚才还碧水织云的天空瞬间乌云密布，大雨将至。云苏有些慌了，离家已经远了，就她和丫鬟两个人，周围也没个人家，连躲雨的地方都没有。

天越来越黑，雨越下越大。云苏和丫鬟深一脚浅一脚地走在山间小路上，又饥又渴，身体打着哆嗦。再看周围，一片大大的林子，根本分不清东南西北。路也没了，风声、雨声中传来不知是狗还是狼的叫声。丫鬟早已吓得花容失色，两脚都站不稳了，泪水、汗水、雨水交织在脸上，把她变得如同黑夜中的水鬼。

云苏倒还把持得住。她读过书，胆子也大，虽然年方二八，从小也是和家里的哥哥弟弟爬过树、下过河的。她知道自己迷了路，但离家越来越远，也多少有些害怕。

她坐在树下的山石上，伸手擦了擦脸上的雨水，从腰间拿出一个小物件，痴痴地望着，泪水从眼角流出，心头又想起了他……

小物件是一盏小洗，晶莹纯净、类冰似玉，正是那盛夏里绽放的一朵莲花，出水芙蓉，洗中有字——"云梦江南"。

"云在江之北，梦在江之南。"

这是一张日夜劳作的脸庞。纸灯烛火的微光映照中，国字脸，浓眉高鼻、厚唇挺颌，一看就知道这是一个壮劳力。侧影间，能够看到他褐黑的肤色，面颊干燥，裂出几道浅沟，想来是在窑里被火烤的。再看他的眼睛，目光里透着疲倦，还有丝丝的忧伤。

"我原是莲花塘村云家的窑工，十几岁时就在他家烧窑。云家的小姐从小就喜欢在窑场玩耍，对我们这些下人很好。那一年，小姐好奇，趁窑工不注意，爬到了窑尾上。当时我正在窑房里打坯，听到小姐的笑闹声，抬头一看，惊得站起来，刚想喊，就听到'啊'的一声，小姐不见了……"

当我从窑工的口中听到这个故事时，脑海里自然想到了那些古来的孽缘错爱。有唐诗《长恨歌》中唐玄宗和杨玉环的"天长地久有时尽，此恨绵绵无绝期"；有宋词《江城子》中苏轼和王弗的"十年生死两茫茫，不思量，自难忘。千里孤坟，无处话凄凉"；有元曲《西厢记》中张生和崔莺莺的"君不见满川红叶，尽是离人眼中血"；有《白蛇传》里白素贞和许仙的"洞中岁月容易过，人间悲苦最难捱"；有《梁祝》里祝英台和梁山伯的"楼台一别恨如海，泪染双翅身化蝶"；有《天仙配》里董永和七仙女的"你我好比鸳鸯鸟，比翼双飞在人间"。

这一个个凄美的爱情故事，是世间的喜怒哀乐，是人间的悲欢离合。不论是皇亲国戚，还是黎民百姓，都逃不过一个情字。而这情字，也被镌刻在了一方执壶上，历经火与土的洗礼，定格在时空里，名扬千古。

我醒了，目光仍旧停留在这首诗上。

一时间，我成了窑工，君就是那美丽的云苏。

又见红楼

望村观池荷花叶，注文释意红楼见。日起月落百年间，又闻昔时宝黛言。

江南之左、同夏之西有古村，名花塘村。村子方圆五里，田堤沟塘、柳垂柏扬、檐屋栅院、风起烟袅、阡陌交通、鸡鸣犬吠，一派乡间田园的宁静诗画。

正值金秋，天高云淡，一年里最美的季节。田间，黄灿灿的稻穗微波起伏，如日暮晚霞下的海面，浪花点点、光影随行，恰似一幕精心制作的自然影像，展于时空之间，无限浪漫，却带着缕缕伤感。

秋风秋雨秋意浓，人聚人散人情冷。凝忆过往喜悲事，再见已是陌路时。

贾宝玉站在村口，痴痴地望着眼前弯曲的小路，神色悲戚，几滴泪珠挂在眼角，阳光下晶莹如玉，又若清晨水露。路的尽头，一个小小的身影渐行渐远，留下路边那棵孤独的老槐树，弯根曲枝，像年迈佝偻的老妪，无言地诉说着蹉跎岁月的煎熬和心高命舛的无奈。

背影最后消失在田的那头，没有任何犹豫，没有丝毫踌躇，哪怕只有一次不舍的回首，或许就能改变命运的束缚，挣脱情孽的桎梏，自此执子之手，与子偕老。

只是现在，贾宝玉也不知道该如何面对这个结局了。原本这就不是他的本意。为什么会走到这一步，他一直都没有想明白——那年，一对冲破世俗的偏见、摒弃封建的陋习，发誓比翼双飞、生死相许的苦命鸳鸯，最终还是未能琴瑟合鸣、凤凰于飞。

如今，他和她的悲情相守也终究因为对方的那一缕心结，走到了"湘江水逝楚云飞"的结局，一如那年中秋，她在凹晶馆联诗所题"窗灯焰已昏，寒塘渡鹤影"。现在想来，这远比潇湘仙子的"冷月葬诗魂"更让他叹息薄命之司。

天色渐晚，贾宝玉还是呆呆地站在村口，任凭贴身小厮如何劝说，都不肯回去。村西头的那个园子，虽然也有元春姐姐笔下"衔山抱水建来精，多少工夫始筑成"的气势；自己的小院也有自题"深庭长日静，两两出婵娟"的雅致，但此时那方天地就像是一个铁索编织的牢笼，正等着他钻进去，从此他就像一只被驯服的马驹，只能听从别人的使唤，命不由己。

"宝二爷，回去吧！"贴身小厮劝道。

那个背影，既不是金玉良缘的薛家宝钗，也不是亲密无间的林氏黛玉，而是史太君的侄孙女，史湘云。

再看承蒙皇恩百余年，钟鸣鼎食的簪缨世族，在享尽世族荣耀、权势富贵，一朝烟花繁华之后，荣国府终究未能逃脱盛极而衰的宿命，走到了曲终人散的尾声，"好一似食尽鸟投林，落了片白茫茫大地真干净"，终究是一场太虚幻境。

花塘村是荣国府的御赐田庄。当年，贾母命王熙凤执事，凤姐与贾琏商量，在村周置地扩院。后元春省亲，建大观园，凤姐从贾母意，仿园中格局，在村中再起别墅，元春赐名"小观园"。园中既有怡红、潇湘，也有蘅芜、秋爽，虽不似大观园里诸景皆备，也是微筑细构，亭榭廊槛，水石桥山，春听雨、夏乘风、秋闻香、冬观雪。

那年中秋，史太君一时玩心兴起，携王夫人、凤姐、李纨并宝玉、黛钗湘和探春三姐妹，移足花塘村，在小观园里又摆了一场螃蟹宴，持螯赏月、品酒观景。其时，众姐妹再起诗社，以荷花为题作诗数首，分别是怡红公子的《访荷》、蘅芜君的《忆荷》、潇湘妃子的《咏荷》、枕霞旧友的《对荷》、蕉下客的《残荷》，稻香老农自为社长，菱洲、藕榭仍是监场，未作。

不知何故，此次结社的五首诗，最后只留下了蕉下客探春的《残荷》，搁于小观园的秋爽小斋。全诗题："今日荷花不见花，他日再见又非它，残叶败枝无蛙在，错把菊花作荷花。"

十载已逝，荣国府已消散在金陵城的风云凡尘中。岁月年轮，大观园的烈火烹油、鲜花着锦,最终成为酒肆茶舍说书人手中的一部《石头记》——都说满纸荒唐言,却是一把辛酸泪。

探春香殒、湘云指嫁,荣国府再无女子。黛玉又魂归太虚,怎能不让宝玉心悸悲戚。遥忆当年,大观园里正值芍药绽放,林薛史邢、三春宝琴,诸芳会聚,为怡红公子庆生,那真是"美群芳喜闹大观园,憨湘云醉眠芍药裀"。"绛洞花主"喜聚厌散,怎能不感叹此时犹如那"池塘一夜秋风冷,吹散芰荷红玉影"。

"宝二爷,回去吧!"贴身小厮又劝道。

天已暗黑,一轮皓月悬挂天际,银光漫边;烁烁星辰,如萤似灯,拂亮了眼前的田间小径。小径旁,一塘池水涟漪映月,宁静寂寥,仿佛万物归空,倒合了贾宝玉的心境。

他站在原地没有动,任思绪纠缠。回首岁月,原是一富贵闲人,春读《西厢》、夏听《葬花》、秋作《访菊》、冬吟《红梅》,正是那"秀玉初成实,堪宜待凤凰";再后来,晴雯死、香菱怜,探春嫁、迎春辱,短暂的胭花脂粉、结社夜宴,到头来曲终人散,景荒心凉。

至此,宝玉方知幻境所见不虚,应了"春梦随云散,飞花逐水流",纵然是无限情思,亦是几度春秋,空有一幅蓬莱洛神,梦醒尽失,唯记警幻仙子所示"快休前进……"如今想来,果然是迷津内"深有万丈,遥亘千里,中无舟楫可通,唯有一个木筏……有缘者渡之"。

此园早无芳华,景在人非增厌。黛钗霞既已去,放下皮囊无妨。空,空,空!不思昔时真假,只求他日无茫。去,去,去!再无大观红尘,亦是雨打雪落,梦醒玉碎情失。叹,叹,叹!

数年后,小观园也荒无人烟,园内草枯叶落、门裂窗破、鼠窜蛛网,如荒境死地一般,只有正门石阶两侧的一对石狮子,依旧迎日见月,仿佛还在向世人诉说着这处荣国府建于金陵城外的私家庄院曾经的荣光。

花塘村还是一片田园风光,十里稻花香。

有村民传，贾宝玉最后口衔通灵宝玉，夜沉花塘，落了个"水中月，镜中花"，也算是"赤条条来去无牵挂"。也有村民说，贾宝玉万境皆空，隐于村外小彤山，终日坐卧枯石，心梦太虚，手捧《石头记》，笑痴富贵、讥嘲多情，最后仰笑山川，归入一个土馒头中，留下一部《脂砚斋重评石头记》，引得后人探佚数百年。

真可谓"假作真时真亦假，无为有处有还无"，佩服！佩服！

下篇 行观

路上有四季

春

陆峰背着双肩包出了门。屋外阳光明媚,徐风轻拂。他站在楼门口,仰起头张开双臂,深深地吐了一口气,打了一个长长的哈欠。还有睡意的脑袋被灌进早晨湿润的空气,顿时清爽了许多,就像冬眠的小动物嗅到了春天的气息,挣扎着慵懒的身体,睁开了眼睛。

他环顾四周,小区的路边,柏槐榉樟,青翠绿葱,枝曲叶扬,发出低声的吟唱。他跟着风的节奏,轻哼着说不出名字的小曲,精神抖擞地向小区外走去。

小区的大门朝着主干道,离大路还有一段百十来米的小路。路的一侧停满了车子,只留下一辆车宽的地方进出。人行道旁边是一排垂柳,细细的枝条抽出嫩叶,柳枝摇摆,像是在向自然界进行清晨的问候。

小路上,行人的神态各有不同。有的行色匆匆,这是上班一族的脚步;有的慢慢腾腾,这是退休大妈的自在;有的着急催促,这是妈妈在撵着孩子上学;有的轻松悠闲,这是爷爷带着孙子在玩耍。

陆峰不慌不忙的。他上班的地方离小区四五公里,开车不堵的话二十来分钟就能到;遇上堵车的话,四五十分钟甚至一个小时才能到。天气不错的时候,他一般就走路上班,一是锻炼身体,二是可以看看路上的风景。

与郊外的田园风光相比,小城的街头已经少了份曾经的朴实,多了些人为的热闹。陆峰喜欢旅行,喜欢在山川江河间行走,喜欢在古镇村落里闲逛。只是他还要赚钱,每天早出晚归,为生计奔波。疲惫低迷时,他倒愿意漫步在街头巷尾,穿梭在熙熙攘攘的人群中,看人间百态、阅世事万千。

陆峰今天的心情不错,女朋友突然从外地跑了过来,给了他一个惊喜。女朋友是他大学时的校友,毕业前两个人为了去向闹了矛盾。他渴望家乡小城闲适的慢节奏，女朋友是大城市的女孩，从小受繁华时尚的熏陶，喜欢灯红酒绿的激荡，向往小资情调的高雅。一番争吵和冷战后，两个人选择了分开，彼此没有说再见，一如热恋时的默契。

他晃晃悠悠地走着。早晨的太阳在大街的一边投下浅黄色的光线，照在身上暖暖的，让人很惬意。几家流动的早点摊挪到了有太阳的路边，一辆老旧的三轮车上架着炉灶，一口大铁锅冒着团团热气，锅里的面汤翻着泉眼般的浪花。旁边的不锈钢灶台上搁着油盐酱醋、葱花姜末，还有已经分好份儿的面条馄饨。

中年大姐将面条撒进锅里，左手用汤瓢舀起半勺面汤倒进碗里，右手握着长长的木筷子不停地搅着面条。分把钟的时间，她的左手换了把漏勺，捞起煮好的面条上下颠了颠，挑到碗里，又倒了点儿酱油，撒了些葱花，端到灶边的桌子上。桌前坐着一个小伙子，从筷筒里抽出筷子插到碗里，挑起面条拌了几下，埋头吃起来。

陆峰走过早点摊，拐过十字路口，上了小城的主街。路上的车子多了起来，临街的商铺一家挨着一家地挤在一起，大多还没开门，行人却不少。初春的早上还是挺凉的，但爱美的女孩不会在意，想的是把自己打扮得美美的。长袖短裙、披肩秀发、尖细高跟、精致挎包，加上美妆粉黛，紧跟时尚。男孩没有女孩那么多讲究，但也不想辜负春天的好意。前边的几个小伙子穿着笔挺的黑色西装和白色的衬衫，并肩走过，聊得火热；还有两个学生模样的男孩穿着蓝色的运动服，走得倒不急，边走边说着校园里的趣事，偶尔还能听到"女孩好看"的字眼。

不远处是镇上的一所小学。路上的车堵了起来，电动车、自行车在车流里横冲直撞，杂乱无序。一辆红色的小车挤到路边停了下来，从车里跳出来一个小姑娘，乌黑的头发搭在肩膀上，头发上别着一个白色的发卡，一身粉色的蓬蓬公主裙，白色的长袜包着莲藕般的小腿，浅红色的皮鞋上扎着两朵彩色的蝴蝶结，跃跃欲飞。

她站在马路牙子上等着妈妈。年轻的妈妈一身浅紫色的套裙，衬出姣好的身材，清秀的脸庞略施粉黛，透着职场女性的干练气质。她拎着卡通图案的书包走到女儿身边，牵起她的小手，穿过人群走到校门口，弯下腰，把书包背在女儿的肩头，理了理她的头发，替她拉了拉裙摆，拍了拍她的小脸蛋，朝她微微一笑，摆了摆手。小姑娘冲着妈妈甜甜地一笑，挥了挥手，转身朝里面走去。妈妈目送着女儿娇小的身体挤进一帮同学中，转身匆匆地离开了。

不远处，一个瘦弱的小男生站在路边的电动车旁，稚嫩的小脸蛋似还没睡醒，一双小眼睛委屈地瞅着身边的妈妈。妈妈疼爱地把手放在他的头上轻轻地抚摩，低语了几句。

听到妈妈的话，小男孩瞬间绽放出天真无邪的笑容，眼睛变得明亮透彻，闪着渴望的光芒，高高兴兴地背上蓝色的书包，蹦蹦跳跳地朝校门跑去。年轻的妈妈望着儿子的小身板，摇了摇头，露出欣慰的笑容。

陆峰想起了自己的童年。每天早上他会在睡梦中感受到妈妈轻缓的抚拍，耳边响起妈妈温柔的呼唤。睁开蒙眬的睡眼，他首先看到的肯定是妈妈的微笑。他在床上扭来扭去，好半天才伸个小懒腰，爬起来穿上衣服，跑到卫生间糊弄似的刷上几下牙，洗个脸，然后奔到饭桌前。妈妈已经做好了早餐，一碗面条或是水饺，再加上一两根油条、一杯牛奶和鸡蛋。他狼吞虎咽地往嘴里塞，妈妈坐在身边直叨叨："慢点儿吃，不着急，别噎着。"

陆峰继续向前走，不时被几个调皮的小男生超过去，他们你追我赶地往校门口冲，身后传来爸爸妈妈着急的喊声："别跑！别跑！"校门口挤满了学生和家长，一拨儿接一拨儿的。看到孩子进了校门，爸爸妈妈挤出人群离开了，年纪大的爷爷奶奶退到围墙边，透过栏杆望着孙子孙女走进楼里。

一声大吼传来，随之就是孩子的哭泣声。陆峰停住脚，脑子里不由得浮现出一个有些久远却依然清晰的场景。现在这个场景又出现在了他的眼前——校门口，一个胖胖的小男生眼泪汪汪的。爸爸把儿子的书包放在地上，拉开书包一边翻一边数落着。身边的其他家长善意地劝着，也不忘叮嘱自己的孩子。胖胖的小男生胆怯地望着一脸怒气的爸爸，胖嘟嘟的小手搭在眼睛上一个劲儿地抹着眼泪。爸爸折腾了好一会儿，拉好书包，起身掏出电话打起来。小男孩的脸蛋红通通的，沾着泪水。爸爸看到儿子害怕的眼神，愣了愣，拎起书包帮他背到身上，压低声音说了两句。小男孩还有点胆怯，站着没敢动。爸爸拍了拍他的小脑袋，朝校门指了指。小男生朝校门口走去，又回过头看着爸爸。爸爸摆了摆手，露出平和的微笑，朝身边的人自嘲地摇了摇头。

陆峰继续向前。前面百八十米处有一条小巷子。巷子不宽，路边种着一长溜儿梧桐树，根粗枝曲叶新出，似年少迎春，和风吹过，在阳光下浅浅曳动，留下婆娑的身影。

走过巷前的路口，陆峰贴着路边走着，左顾右盼。他一会儿瞅瞅梧桐，目光落在腰般粗的树干上，斑驳的树皮宛如愈合的伤口，留下深一块浅一块的疤痕，无声地诉说着曾经的酸甜苦辣；一会儿又望望路边的住宅小院，一楼不大的院子里种满了花花草草，叫不上名字，但拾掇得满园春色，几朵含苞的月季花穿过院角的铁栏，伸到路边的墙根。不用猜就知道院子的主人爱好园艺，应该是个退休老人，闲来无事，摆弄花草，既修身养性，又能打发时间。

他顺着院墙继续向前，脑子里回放出昨晚和女友激情缠绵的情形。冬去春来是一载，虽然很漫长，但终究还是过去了。当女友出现在他面前的时候，他内心的孤独与身体的寂寞被完全抛在了脑后，眼前的女友就像不远处的小桥，是那么的熟悉。

陆峰在桥头停了下来。穿城而过的小河从桥下平缓地流淌，在阳光下波光粼粼，映出一幅光影，泛起一片暖意。河埂上有一排杨柳，柳条垂落，荡在河面上，柳叶点水，激起层层涟漪。

他欣赏着初春清晨的风景，跨过了小桥。

夏

小桥的另一头是仲夏盛景。刺眼的光线照在河堤上，岸边的柳树枝叶扶疏，落下一大片树荫。抬眼望去，一个中年男子坐在临水小道的石墩上，穿着灰色的短袖衬衫、蓝色的大裤衩和棕色的凉鞋。他的手上提着一根长长的钓鱼竿，鱼竿伸到河的中间，看不清鱼线，只有几枚黄色的鱼漂在水面上微微浮动。

陆峰静静地看着男子。男子五十岁左右，平头短寸，五官见棱，神态轻松。他屏气凝神地盯着鱼漂，鱼漂在动，他的眼皮子也在跳动。他提着钓鱼竿左右移了移，又慢慢地抬起来，黄色的鱼漂挂在鱼线上，像几个光点在半空中摇摆。他缓缓地放下钓鱼竿，鱼漂漂在水面上，似小鱼惬意地玩耍。

陆峰正准备离开，看见男子突然向前倾了倾身子，再看漂动的鱼漂忽上忽下，瞬间沉下去不见了踪影，钓鱼竿猛地向下打着弯儿。男子站起来，紧紧地握着钓鱼竿，深吸了一口气，用力提起钓鱼竿，一条十几厘米长的鱼破水而出，摇尾挺身。男子竖起钓鱼竿，鱼在半空中荡到他的身边，他伸手拽过鱼线，捉住鱼身子，弯腰放下钓鱼竿，手靠近鱼唇，拔出鱼钩，把鱼放进水桶里。鱼在桶里挣扎着，溅起阵阵水花。

男子的动作一气呵成，显然是个钓鱼的老手，从容不迫，缓急有度。鱼在他的眼里仿佛不是猎物，而是约会对象。

陆峰边想着边下了桥。桥的不远处是公交站台，站了很多人。一个时尚的女孩穿着吊带背心、超短裙，脚踩细带高跟鞋。一个帅气的男孩穿着紧身衬衫、阔腿短裤，踏着人字凉拖。一个白领女性穿着浅色的花边长衫、黑色的筒裙和银灰色的中跟鞋。一个白领小伙子身穿天蓝色的衬衫，打着黄色的领带，西服长裤笔挺见线，锃亮的黑色皮鞋反着光。一位中年妇女穿着墨绿色的短袖花衬衫、浅灰色的长裤和黑色的平跟鞋。一位大叔穿着短袖衬衫，深灰色的裤子起了几道褶子，棕色的凉鞋上沾着灰尘。

大家挤在站台前，有人焦急地望着来车的方向，有人转着脑袋四处张望，有人和身边的同伴随意地聊着，有人无聊地瞅着路上的车流，有人拿着早点慢慢地啃着，有人握着手机低声地说着什么。

人群突然躁动起来，车来了。车进了站，有人退了几步，离开拥挤的人群，又顾起自己的事来。车停了，男男女女挤在车门口，脸上露出烦躁的神情。车门开了，大家一个挨着一个地上了车。没上车的人，有人抬手看了看表，眉头紧锁；有人走到路边的早点铺，买了几个包子一袋豆浆，边吃边喝；有人插着双手，左瞅瞅右瞧瞧，似乎在找着什么有趣的事情打发时间。

陆峰的目光落在了站台的一角，一对年轻的男女面对面站着。女孩一头披肩长发，染成淡淡的橘色，露肩的黄色低领衫突出丰满的胸部，包臀牛仔裤紧紧地包裹着修长的双腿，银白色的高跟鞋点点光亮，透着一份诱惑。她漂亮的脸上化了精致的妆，一双大眼睛扑闪扑闪的，散发出都市女孩的活力。小伙子一米八几的个子，淡蓝色的短袖衫穿在身上，裹住结结实实的肌肉，半截休闲裤遮住了大腿，却露出强健的小脚肚子，脚上是一双白色红纹的运动鞋，显出自我飞扬的个性。

女孩引来路人的关注。陆峰发现好几个男人时不时地偷瞄上两眼，眼睛里呈现出不同的神色：有的带着欣赏，仿佛在鉴赏一幅少女油画、观览一方山水；有的含着羡慕，瞟着旁边的小伙子，露出酸溜溜的嫉妒。

女孩和小伙子似乎并不在意旁人的目光，女孩的眼睛里还带着被欣赏的骄傲。她望着男友，露出甜甜的微笑，手轻轻地搭在男友的腰际，时不时地贴近他的耳朵说上两句悄悄话，双颊生出微微的红晕。小伙子听着女友的话，嘴角轻扬，伸手揽过女友的细腰。女孩顺势靠在他的身上，头歪在他的肩头，沉醉在夏天的火热爱情中。

一辆公交车开进了站台，人群又涌动起来，潮水般地朝车门挤过去。陆峰看到女孩直起身子，望了望满满当当的人，皱了皱眉头，朝男友嘟了嘟嘴。小伙子明白女友的心思，牵起她的手退到人行道上。女孩紧紧地倚在小伙子的身上，挽着他的臂膀，两个人朝前走去。

执 笔

　　陆峰跟在他们后面，望着两个人幸福的背影，想起了自己的女友，同时想到了一个问题，两个深爱的人究竟能否执子之手、与子偕老？他曾经强烈地想知道答案，但现在似乎有了答案——顺其自然或许不仅仅是一种心态，更是一种方式。

　　走了百来米，美女帅哥过了路口，消失在人群中。熙熙攘攘的人流里，还有几对小情侣牵手搂腰，卿卿我我，他们都被爱情的热度温暖着，仿佛盛夏的阳光。

　　虽然是早晨七点多钟，但太阳明晃晃地刺眼睛。陆峰抹了抹额头的细汗，四处找着树荫。路的两旁都是些栽了没几年的行道树，稀落的树叶一动不动，根本形不成多大的影子。爱美怕晒的女人们大多打着遮阳伞，好似绚丽多彩的小蘑菇，在人潮中组成不断变换的画面。

　　陆峰走到路口。路口的小花坛里种着低矮的花草，在光线的直射下，变得蔫蔫的。花坛边上站了不少人，有人单脚撑着助力车，人车扎成一堆，显得很是杂乱无序。天又热，大家的情绪都焦躁不安。

　　人行道上的红灯亮了。陆峰站在马路牙子上盯着读秒器。这里是小城一条主干道的路口，几十秒的等待时间在人群中营造出了躁动的气氛。他能够感觉到热气正扑面而来，还带着隐隐的火药味，仿佛连小小的火星子也可能在人潮中引发一场猛烈的爆炸。

　　陆峰合上眼睛缓了缓自己的情绪，又睁眼盯着读秒器。虽然只有不到一分钟的时间，但每一秒仿佛都跳得很慢。繁华喧闹的街景，他现在根本不想欣赏，恨不得赶快逃离这地方。

　　正嘀咕着，他的耳边突然响起几声大喊，仿佛惊雷在人群中炸开，随即就是一连串的争吵声传来。他转过头，看见身边的人都把目光转向了花坛边的一对男女。

　　男人约莫四十岁，穿着浅灰色的短袖衬衫和黑色的长裤，脚上是黑色的凉鞋，脸庞已经刻上了些许岁月的风霜，目光里含着怒气却透出无奈。他瞅了瞅身边的陌生人，欲言又止，神情十分焦躁。

再看女人，三十多岁的年纪，穿着月白色的露臂短衫、浅绛色的裙子和茶色的平跟鞋。她面容憔悴，眼睛里透着固执，又掠过一丝委屈。她瞅着身边的男人，嘴角下垂，没再说话，能看出她在积蓄力量，为接下来的反击做准备。

陆峰先是瞅了瞅男人，又望了望女人，很明显他们是夫妻俩，争论的应该是家里的事情。从男子的神情看，显然很在意，颇有抗争到底的劲头，而女人也是一副绝不妥协的态度。

他回过头，看到读秒器还剩下几秒。路口的人早按捺不住，就像马拉松大赛开始前一样挤在了起跑线上。他也不再关心夫妻俩的争吵，夹在人群中准备过马路。绿灯亮了，人群急匆匆地朝对面涌去，助力车左右摇晃，率先冲了过去。

陆峰闪到人行道的外侧，稍稍放慢了步子。这时，一个男人的声音传进他的耳朵，侧脸一看，还是刚才那个吵架的男人。他的话让陆峰笑了，也搞明白了这对夫妻争吵的原因，对他们当街吵架不仅没有了嘲讽，反倒敬佩起来。他跟在两个人的后面，饶有兴趣地过了路口，到了对面。

秋

路边的银杏叶落纷繁，似天女散花。片片枯叶悄无声息地挣脱枝条的束缚，在空中飞舞着，又轻轻地落到地面上。扫过一眼，一条金黄色的小道向最远处伸去，风过叶起，风消叶落，秋意浓浓。

路上的行人穿着秋装，年轻人的装扮自然还是时尚多彩：有女孩子穿一身雪青色的长裙、霜色的高跟鞋，曼妙的身材托起引人侧目的魅力；男孩子大多是一身简洁的休闲装，俊朗的脸上带着青春自信。中年人的打扮则含蓄了许多，脸露倦色却平和从容；成熟的中年女性衣着内敛，混色的丝巾围在脖子上，精致的妆容散发出睿智和知性；稳重的中年男性大多身穿浅灰色的夹克、深色的长裤，有的行色匆匆，有的悠闲漫步，微皱的脸上刻着岁月的痕迹，彰显着对人生的感悟。

陆峰向前走了一段，上了河堤。河堤上的柳树枝叶已稀疏，枯黄的叶子落在水面上随波流淌，透出一缕不舍的萧瑟；水面波光粼粼，早晨的阳光带着秋凉铺在水面上，泛起微红的光线，折射出树木的倒影，宛若一幅油画，溢满生命的动感。

他站在河堤上，望向河面的不远处，一艘平底船沿着河道慢慢驶离，在船舷边分开两道水波。船的中间是一个大大的货仓，堆满了黑乎乎的煤块，太阳下发出黑黝黝的光亮。船的驾驶舱前搭着两间铁皮房子，门外是简陋的厨棚，搁着煤气灶，灶边的桌板上放着锅碗瓢盆。船头的两边杵着两根铁杆子，扯着长长的线，上面晒着几件日常衣物，随着船动风吹轻轻地摇晃着。

陆峰望着缓慢前行的运煤船。船头，一位中年妇女弯腰拎起灶边的塑料桶，转身走到船边，一只手抬起塑料桶，另一只手扶着桶底，把桶里的水倒进河里，又回到灶前忙起来，留下一个劳作的背影。船的右侧，一位中年男子穿着汗衫大裤衩，正从水里拉起一根粗粗的绳索，搭在肩上往船的前头吃力地走去。

陆峰下了河堤继续向前走，脑子里又跳出路口那对夫妻吵架的画面。琢磨起那个男人最后的那声叹息，一瞬间他生出一份感慨：人的命运如此的不同——自己为了梦想奔波，水上的船家夫妻为了生计忙碌，街头争吵的夫妻俩则为了孩子的前程吵得面红耳赤。

前头热闹起来，人来车往的，大都聚在前面的路口处。路边停了很多车，有小轿车、货车、三轮车和助力车，乱糟糟地靠在一起，人在车缝里来回穿梭。

他顺着路边向路口走，两只脚踩在铺满枯叶的人行道上，发出沙沙的声音。身边的水杉枯败萧瑟却有着秋天的浪漫。触景生情，他想起曾和女友在远方的城市里，深秋的周末，在校园的湖畔小径相依相偎的情景。每每那个时候，他就有一份期待——与女友携手走过平凡人生，伴至夕阳黄昏。只是好事多磨，未来真的不是谁能够预见且提前准备的，唯有一直向前，可以停留，却绝无后退，否则即便看到了路上的风景，却无法领略到风景中的美丽。

前面是一个菜市场，此时正值早市高峰。买菜的大妈手里拎着菜篮子，装着家里的一日三餐，和熟人闲聊着出了菜市场。卖菜的小贩穿着深色的外套，正从路边的车上搬下刚拉来的蔬菜。路边的空地上摆着一排地摊儿，叫卖着各种蔬菜，还有一两家卖着鲢鲫鲤鳝。卖菜的大姐和买菜的人讨价还价，夸自家的菜新鲜便宜。卖鱼的大哥用手夹过顾客的钱，放到脚边的铁盒子里，找了零钱，又忙着给下一个顾客捞鱼。

陆峰望着菜市场里熙熙攘攘的人群，想来这就是小城的生活，是小城的地气，是小城的灵魂。他喜欢行走在这样的场景中，能够让他真切地感受到人间的烟火气息。

路边，一位老太太坐在小矮凳上，跟前的地上放着一个不大的竹篮子，里面撂着几把青菜，绿油油的，叶子上还带着泥点子，显然是自家菜地里种的。老太太没有吆喝，只是静静地坐在那里，仿佛不是在卖菜，而是等着熟人来拿菜。

陆峰停住了脚步，拉了拉衣领。深秋的风已经很冷了。老太太就穿着一身旧的棉衣裤，脚上是缝着补丁的解放鞋，鞋跟上沾着泥土。她瘦瘦的脸上刻满了深壑般的皱纹，头发花白，风吹过，散乱在额头耳际。一位中年妇女走到她面前，蹲下身子，用手捏了捏菜叶，轻声地问着价钱。老太太抬起垂塌的眼皮，动了动没几颗牙的嘴巴，颤颤巍巍地伸出两根手指头。中年妇女点了点头，从篮子里提起几把青菜，老太太拿起秤，等对方把菜放在秤盘上，一只手拎着秤头的勾线，另一只手慢慢地挪动着秤砣。中年妇女瞅着老太太把菜放到自己的篮子里，才把钱掏出来递给老太太。老太太把手伸进上衣口袋里，掏出一个叠着的手帕，然后慢腾腾地打开，手帕里面放着几张码得整整齐齐的小额纸币。她拿起一张一元的纸币，递给中年妇女。中年妇女没有伸手，只是笑了笑，摆了摆手，转身离开了。老太太望着她离去的背影，枯瘦的手在空中停留了片刻，缩了回去，把钱搁到手帕里，叠起手帕放回自己的口袋里。

陆峰默默地注视着眼前的一幕，眼角微微发酸，心头同时升起一股暖意。在这个冷冷的秋天，这一幕犹如春天的阳光，让人感到舒适和温暖，只是多少带着些苦味。他没有再停留，加快步伐，穿过菜市场向前走。

人行道上的秋叶随风扬起又落下。不远处有一个清洁工正在路边扫地，他身后十来米的地方放着一辆两轮的垃圾车。清洁工是个五十来岁的大叔，穿着蓝色的工作服，套着橘红色的反光背心，正在用高过头的大扫把将路上的叶子扫到一起。他面容憔悴，眼角的皱纹是辛勤劳作的标志。他一边扫着枯叶，一边小心翼翼地躲着疾驰而过的车子。扫过一段距离后，他返身回到推车边，再把车推到一堆叶子旁，从车里抄起长把簸箕和小扫帚，把树叶扫到簸箕中，倒进车里。他一边收拾一边向前走，落在了陆峰的身后。

陆峰没再停留。人行道上的残枝败叶扫进他的眼帘，令他的心境随之飘浮，路旁的河水缓缓流过，时不时荡起微微涟漪，他的情绪也随之起伏。这时，他的眼前出现了一对背影，吸引了他的目光。

一个身穿浅米色衣服的人正推着一辆轮椅慢慢地朝前走。能够瞧出这是一个老人的背影，头上的白发可以证明。这让陆峰想起了一幅画，这幅画曾出现在他的梦里。他加快了脚步，朝背影走去。他想体验一下画的真实感，想从画中获得心灵的洗涤。

陆峰走到离背影几米远的地方慢下了脚步。他看到推车的是一位老爷爷，清瘦的身子被厚厚的外套包裹着，脚上的棉鞋走出了季节的变化。轮椅上坐着一个白发苍苍的老奶奶，身上穿着厚厚的棉袄，双腿上搭着一条灰色的毛毯。

他从老人的身边走过去，向前走了十来米又停了下来，侧过身站在路边，默默地望着老人。这是一幅让人感动的画面、一幅让人不由得感触的场景、一幅让人不会遗忘的影像。

雪眉皓发的老奶奶已是暮年之貌，满脸皱纹却面洁色润，似乎感觉不到岁月对她的侵蚀，反而能看到时光对她的厚爱。红色的团花棉袄包着她的身体，让她看起来干净利落。老奶奶似乎有些困了，眯着眼睛，嘴角不时地微启微合，似乎在自言自语。

老爷爷也是脸庞挂皱、雪鬓霜鬟，但平和慈爱，透着阅尽人生的从容，仿佛眼前的任何景物、耳边的任何声音、身边的任何路人都无法引起他心绪的波动。他走走停停，似乎并不在意要到哪里去。

陆峰突然间有一种直觉，老爷爷的走走停停和老奶奶的双唇闭合是同步的。他紧紧地盯着老奶奶的嘴唇，惊喜地发现当老奶奶双唇微启的时候，老爷爷就会把轮椅推上几步；当老奶奶双唇微闭的时候，老爷爷就会把轮椅向左或向右转几下，然后停下来。

陆峰有些痴了，心里有点酸楚。他猛然领悟，眼前的画面不仅仅是两个耄耋老人的清晨散步，而是人生的镜像。他们之间的默契已不是言语，也不是眼神，而是心灵的沟通。哪怕只是一次唇动，都能在老人之间产生共鸣。这是时光的打磨，是岁月的精华，更是包容的爱情秘方。

他的脑海里出现了女友的身影，疑问也自然而然地冒了出来。他不知道眼前的这对已近人生终点的老人在几十年的人间烟火中是否有过和他类似的经历，一生的厮守中是否真的相濡以沫、举案齐眉。重要的是，老人可以无言默契，而他和女友的未来还是一个未知数。

两位老人从陆峰的身边慢慢走过，在金色的人行道上留下了一幅宁静悠远的画面。他望着老人的背影，深深地吸了一口深秋的空气，平复了自己的情绪，迈开腿向前走。

冬

拐过路口，眼前雪花飞舞，鹅毛般的大雪在空中飘卷着。人行道上已经落了一地的雪，就像铺上了一床白白的棉被。行道树早就没了多少叶子，雪落在残枝上，压弯了枝条。

路上的行人裹着厚实的冬装，只能从颜色和款式上大体区分出男女。当然，也有美丽动人的女孩穿着一身红色的过膝羽绒服，修长的双腿配上黑色的长袜，脚上是白色的高筒皮靴，走在路上，似雪中红梅，分外妖媚。时尚的少妇身穿藏青色的真皮大衣、毛呢长裙，脖子上围着围巾，透着成熟与高雅。扫眼望去，活泼的少女已然陶醉，仰起美丽的脸庞，闭着眼睛，双手举在缤纷的飞雪中，尽情地呼吸着清新的空气。绒花般的雪片落在她通红的脸上，化成水珠，滋润着光洁的容颜。

路边的广场上，老人带着孩子打起了雪仗。一个小男孩跑到花坛边的矮冬青边，捧起一团雪，捏成一个小小的雪球扔到爷爷的身上，发出调皮的笑声。爷爷慈爱地瞅着孙子，不停地叫着"小心点！小心点"。一个小女孩穿着胖嘟嘟的外套，裹着小小的身子，蹲在地上堆着雪人，嫩嫩的脸蛋被冻得红扑扑的。

雪落在路上化成水，弄湿了地面。路的旮旯处积了薄薄的一层雪，人和车子路过，留下浅浅的印子。路上开始堵了，有的人加快了步伐，匆匆地赶着路，有的慢下了脚步，欣赏着雪中的风景。每个人的头上都有雪，肩膀上的雪片也成了衣服的花纹。骑车的人减慢了速度，左摇右摆地晃着，感觉一个不小心就会摔在地上。

陆峰不紧不慢地走着，一边欣赏着冬日的街头雪景，一边在脑子里搜刮着不多的词汇，想学古人观雪吟诗、即景赋词，做一回文人雅士。只是他看到的景色虽美，怎奈肚子里没多少墨水，说不出雪的意境，讲不出雪的高洁。

不远处，车子已经堵成了一堆铁疙瘩，原来是几辆车撞在了一起，几个人正围在车旁低头弯腰地说着话。有个小伙子站在车前打着电话，看样子是在报警。后面的车按起了喇叭，打着转向灯，瞅准时机抢到了旁边的车道里。

望着眼前的杂乱，陆峰皱了皱眉头，原本惬意的心情突然沉了下去。同样是隆冬飞雪，在不同的时刻、不同的场景中就有了不同的感受。此刻他的想法是复杂的——大雪纷飞，将原本萧瑟的小城打扮成了童话般的纯洁世界，这是大自然的变换，也是人间世态的现实剧本。

耳边响起了警笛的声音，由远到近，一辆警车从身边的车流中挤了过去，然后停在路边。三个穿着藏蓝色雨衣，套着黄色反光背心的交警下了车，一个走到事故车边，其他两个分开朝两头走去。几分钟后，站在车边的几个人上了各自的车，在交警的引导下慢慢地驶到路边，拥堵的道路很快就顺畅了许多。

雪没有小下来的意思，如春天的梧桐飞絮，在空中纷纷扬扬，落在路上、停在树上、栖在屋顶，又飘到行人的头发上、留在女孩的肩头上、沾在男孩的衣服上。雪白的世界里，原本浪漫的景色因为世俗的介入，少了份雅致，多了份喧闹或者说是繁乱。

陆峰是年轻人，对经历过浪漫、失去过爱情的人来说，有雪的日子应该是和心爱的人在一起，在一片白色的雪地上，紧紧相拥，走过山坡，留下一串串的脚印。山上，一大一小两棵造型不同的迎客松，雪覆压枝，更显挺拔，又透着严寒中的坚强。

一阵刺耳的救护车的鸣笛声从身后传来，没等陆峰反应过来，已经从他的边上呼啸而过，停在了前面一排临街的门面房前，从车上跳下来三个穿着白大褂的医生，有两个人抬着一副担架。门面房前围了不少人，看见医生来了，全都闪到了一边。医生加快脚步，走在前面的那个还险些滑了一跤，急匆匆地进了门面房。

陆峰很快就走到了门面房前。这是一排商住楼，从外面看已经有了些年头，显得很破旧。一楼原本是住家，被改成了铺面，开着几家小吃店和小卖部什么的。下雪天，小吃店的生意倒挺不错，不少人趁着雪大又不赶时间，进去点上一碗热腾腾的面条或者馄饨，去去寒气。人群围在一家小卖部的门口，伸着脖子朝里看，有些人在交头接耳地小声议论着。

不多时，从门面房里快步出来一个中年男子，很着急的样子。他伸出手臂，一边喊一边扒拉着围在门前的人。两个医生抬着担架走了出来，另外一个医生跟在担架边，一只手高高地举着一袋点滴，一根塑料管在身前晃来晃去的。

担架上躺着一个老人，七八十岁的年纪，穿着灰色的棉袄和棉裤，满脸的褶子，眼窝深陷、嘴角颤动，露出痛苦的表情。老人应该是中年男子的父亲，再看中年男子，穿着打扮倒是蛮精神的，黑色的皮夹克锃亮锃亮的，下身穿着蓝色的牛仔裤，脚上是一双高帮皮靴。

陆峰的脑子里突然闪过一个念头，特意盯着男子的表情。他的脸上虽然表现得很焦急，但总感觉带着做作，眼神里跳过一丝让人不易察觉的轻松。

医生把病人抬上车，回头等着站在车边的中年男子。男子没有立马上车，而是回头望了望店铺，犹豫起来。医生十分诧异地盯着他，神情严肃，没有说话。周围的人开始小声议论起来，全都看着他，有人已经开始摇头，指指点点的。

看到中年男子犹豫的表情，陆峰更加相信了自己的判断。对方瞅了瞅店铺，又看了看启动的救护车，终于朝站在店门口的一个年轻小伙子交代了几句，转身上了车。救护车开走了，围观的人群开始大声议论起来，年轻的小伙子也是频频地点头，流露出鄙视的神情。

雪依然在下。雪花落在人的头上肩上，有人轻轻地拍掉衣服上的雪，摇了摇头，带着一声叹息离开了；有人还待在小店门口，似乎想打听出更多的事情，好作为闲聊时的谈资。

陆峰没再停留，继续向前走。过了这排门面房，再跨过一座小桥，离单位就不远了。他已经能够看到单位的那幢五六层高的办公楼。雪幕中，大楼仿佛被笼罩在一团白色的棉絮中，若远若近。

他走到小桥边，站在桥头的一棵槐树下。他走路上班的时候，总会在这个小桥边停留片刻，脑子里总会思考一下那个从未得到过答案的问题，想着或许那个问题原本就没有答案。他喜欢站在桥边思考问题,是因为桥下的小河流水似乎与他的问题有着千丝万缕的联系。

河面已经结了冰,冰上覆着一层积雪,光洁如玉,没有任何印痕。河沿边还有一丝水流,在冰与土的缝隙中缓缓地流动。河边的一排小树仿佛穿上了白色的风衣,寒风吹过,枝动雪落,在空中旋起一团雪雾,落在裸露的黑土上,就像一幅黑白的中国山水画。

陆峰的思绪又回到了那个问题上,只是河水已经冰封,问题的关联也暂时消失了。这时,他似乎有了新的领悟——水可动亦可止,动是止的一种形式,止是动的一种表象。他伸出手,扶在槐树上用力地推了推,枝条晃动起来,雪花飞扬,落在他的身上。他的眼前模糊了,仿佛进到了一个飘浮的空间里飞了起来。这一刻,他感觉到了一种轻松、一份释然。

陆峰把双手合在一起,放到嘴边连着吹了几口气。一小股热气反扑到脸上,给冰冷的脸庞带来缕缕暖意。他迈开脚过了小桥。路上行人不多,大都脚步匆匆,每走上一段,就有人消失在路边的大楼和大门里,也有人加入进来向前走。路上的车子缓慢地行驶,一辆接着一辆,有的过了路口,有的又从旁边的路口驶入车流。

陆峰终于走到了单位门口,看见大门口站着不少人,有人在赏雪,有人站在雪地里用脚勾画着图案,有花,有字,还有大大的心形图案。

一个身穿蓝色外套的男孩捧着一大束鲜艳的玫瑰花,正半跪在一个女孩面前。女孩穿着黄色的毛呢大衣、半截藕色长裙,脚上是一双红色的高筒冬靴。乌黑的披肩长发上落满了洁白的雪花,秀丽的脸颊不知道是冻的还是因为羞涩,泛着片片红晕。她捂着嘴,眼睛里闪着晶莹的泪花,此时就像白雪公主一样美丽动人。再看跪着的男孩,全身是雪,仰着头,深情地望着女孩,目光里带着期盼。

女孩点了点头,男孩笑了,站起来,把玫瑰花递给女孩。女孩接过玫瑰低头闻了闻,露出幸福的微笑。男孩伸手从玫瑰花瓣中拿出一枚钻戒,女孩向后退了一步,露出惊喜。男生静静地望着她,等着。女孩慢慢地伸出左手,男生一只手握着女孩的手,另一只手拿着钻戒,温柔地套在女孩的无名指上。两个人紧紧地拥抱在一起。身边的人纷纷鼓起掌来,有人从地上抓起一大把雪撒到他们的头上,雪花飞落,演绎出一段浪漫温馨的故事。

陆峰望着眼前的一幕,心也热了起来,一路走来的寒意消失了,仿佛阳春三月,春暖花开。他正准备进楼,手机响了,是一条信息。他掏出手机,点开信息,脸上露出了喜悦的笑容。

手机上写着:我们结婚吧!

找 寻

古晨是南京人，出生在四川西部的贡雅。父母早年是下乡知青，后来回了城。很小的时候，他听父母提过那些年的事情，后来上了学还特意查过。贡雅是川西大山里的一座很偏远的县城，靠近藏区，是个多民族聚居地，当地居民多为藏族和彝族。

古晨一直想去贡雅看看父母当年生活的地方，但他们不同意，后来更少提起。一开始他并不理解，那里虽然偏远闭塞，但一定是个天高云淡、风景如画的地方。直到多年后，他才理解了父母的心思。

而这一切都源于他的贡雅之行。

古晨是在他三十六岁本命年去的贡雅。那一天，他从南京启程，沿着蜿蜒数千里的滚滚江水溯流向西，在碧空云海之上饱览祖国的山峦险峻、河湖潋滟、田园秀丽、城市繁华的各色风光之后，降落在了川西的康孜。

贡雅离康孜还有六百公里的路程，中间要翻越海拔四千米的左巴山口，沿着色布卓达江，在崇岭群崖间开车跋涉两天的时间才能抵达。而几十年前，古晨的父母是怎么到的呢？他听父母提过，除了飞机，当时能见到的交通工具他们全都坐过了，火车、汽车、拖拉机、牛车。最后的百十公里，他们是用两条腿前前后后花了六七天的时间才走完的，可见是有多么偏僻、多么闭塞了。

听父母说，当年的那一路，就是从兴奋到安静，从安静到疲惫，从疲惫到麻木，从麻木到失望，从失望到绝望的心情大串联。直到他们拖着已经不属于自己的双腿，喘着接不上的粗气，站在崎岖的山顶上，接人的干部说，山下那个寨子就是他们今后生活的地方，所有人的目光都是呆滞的。

古晨曾在父母的相册里看过一张已经泛黄模糊的照片，就是他们当年上山下乡的地方——一片崇山峻岭、峰峦叠嶂。最远处，两座雪山从群山中突兀直上，如金字塔般高耸坚挺。中间的大山连绵起伏，灰黑相间，黑的是茂密的原始森林，灰的是裸露的巨大岩石。近处的山坡上是一层层梯田，蛇形的土埂围起一块块大小不一、不规则的田垄，田间波光粼粼，映出山的倒影。山脚下是一个村寨，说是寨子，就是在一块很大的石台上搭着几十间茅草屋，中间围成一个土场子。

好美啊！

这是古晨的第一感觉。黑白的风景透着原始与自然、宁静与悠远。可以想象，如果是彩色照片，晴空白云之下，远处的山峰白雪皑皑，似冰清玉洁的姑娘，中间的群山郁郁葱葱，似浪花起伏的大海；近处的梯田星罗棋布，似光洁照人的镜子，山下的村寨原始无华，似世外桃源。

照片上的寨子就是贡雅县达瓦公社巴新大队新汉村。这是一个中华人民共和国成立后才有的村子，住的都是汉族。村里人的说法是，他们当年都是解放军，部队上需要大量木材，派人在贡雅县附近寻找，最后在达瓦公社的山里找到了合适的林子，就留下了十来个年轻的战士专门负责伐木。十几年后，这些战士有因公牺牲的，有因病去世的，除了离开的几人，剩下的就地退了伍，娶了附近的女子，生儿育女，扎下了根。他们住的地方被地方政府划进了巴新大队，成了下面的一个村子，取名叫新汉村。

古晨的父母就是在这个偏僻的山村里相识的。在那个激情燃烧的年代，知青们在物资极度匮乏、生活极其艰难的环境中，日复一日、年复一年，和那些战士一样，砍树垦荒、造田农作。这不仅仅是因为他们将理想和行动奉献给了信仰，还有爱情的力量支撑着彼此。时间慢慢流逝，古晨的父母顽强地撑到了回城的那一天。

那是一段赤橙黄绿青蓝紫的岁月，是一段回忆中值得深思的特殊时光，其中的心路历程只有古晨的父母能够体会。古晨小的时候还偶尔看到他们翻着相册，说一说当年的人和事，两个人的眼睛里含着无法言语的感伤，最后露出释然的微笑。他也问过，他们只是简单地说了两句，好像在讲述别人的故事，后来便不在古晨面前提起。

古晨坐在出租车上，沿着机场高速向康孜城里驶去。车窗外，春色正浓。路两边的景观树快速地向后退去，宛若两条绿色的波带，时不时有巨大的广告牌从眼前闪过。

改革开放几十年，国家发展的脚步也早就迈进了大山深处。一路上，在山脚下的集镇和村寨里，极具民族特色的房屋和水泥灰墙的两三层小楼夹杂在一起，透着民族融合与共存的生命力。

车在曲直交错的高速上行驶了近一个小时后，乡镇越来越密集，前方出现了城市的轮廓。首先映入眼帘的是几幢黄灰色的高楼，它们像一队威武挺拔的武士，拱卫着康孜的大门。

古晨在城里的一家高档酒店住了下来。按照计划，他只在康孜歇歇脚，休息一夜后就去贡雅县城，从那里再走一天就是他的目的地。至于怎么去，他倒是犹豫了。虽说到贡雅有了省道，但与达瓦镇却是南北两头，不如直接走县乡的山路更省时间。从地图上看，在贡雅县城和达瓦镇中间有一个红色的小圆形图标，没有标注，他知道那是左巴山口，是父母最不愿意提及的地方。

后来他才知道其中的故事。当年他们最好的朋友，一个年轻漂亮的城里姑娘，实在忍受不了山里的贫苦，在一个漆黑无月的深夜独自一人离开了寨子，在翻越山口时坠下了悬崖。两个月后，附近的村民进山放羊，在谷底的一堆乱石里发现了她的尸首。这成为父母那段岁月里最悲痛的事情。

二十世纪九十年代初，从康孜到达瓦新建了一条盘山公路，在左巴山口拐了个弯儿，沿着色布卓达江，在一个叫卡丹的地方挖了隧道，直接翻越大山，进入贡雅县内。

古晨决定先坐汽车到卡丹。卡丹是贡雅的邻县，离达瓦镇更近。然后他再走路去巴新，亲身体验一下父母当年一路跋涉、上山下乡的特殊经历。他发现早年的巴新大队还在，改成了巴新村，周围还有几个零散的小村子，但没有新汉村。

新汉村呢？

一大早，古晨带着疑问坐上了前往卡丹的长途车。车子穿行在康孜城里。这是一座古老与现代并存的城市，路上跑着不少车子，有豪华的高档轿车，也有带棚子的大三轮车，更多的是摩托车，时不时还能瞅见马拉的两轮板车。路的两边是鳞次栉比的房子，一座紧挨着一座，有钢筋水泥的三层小楼，也有民族特色的石墙木屋，左边的是藏族风格，右边的是彝族风格，白色、黄色、黑色掺杂在一起。

车子沿着宽宽窄窄、坑坑洼洼的水泥路，左闪右让地缓缓而行。司机把喇叭按得嘀嘀直响，也逼不走车前的摩托车和背着箩筐的人，还要躲着突然穿过马路的小孩子，甚至包括跟在孩子身后的大大的黑毛狗。

古晨坐在车窗边，欣赏着清晨时分的康孜城，颇有感触。阳光下，街边的房子和人从眼前退去，仿佛流动的影像，没有停留。与熟悉的繁华都市相比，此时这座山城的热闹和喧嚣代表着曾经闭塞贫困的川藏地区正在焕发着新的生机和活力，曾经的茶马古道被赋予了新的价值。

车子摇摇晃晃地走了个把小时，穿过一道石头砌的城门，出了康孜城，转眼就进了山，沿着蜿蜒曲折的盘山路，一个弯儿接着一个弯儿地向上爬。车上的人一会儿被甩到左边，一会儿被抛到右边，年轻的小伙子、小丫头兴奋地大叫着，年纪大的已经脸色发白，捂着嘴巴、皱着眉头，一看就知道晕车了。

古晨也被荡得肠胃似翻江倒海一般，头昏沉沉的，像是有了高原反应。他紧紧地抓住面前的椅背，稳住身体，怎奈山路越走越高，弯道越来越多，动不动就是一百八十度的 U 字形路，车子晃得厉害。车子也已经大喘气，就像田里的拖拉机吭哧吭哧的，很是费劲。

他望着窗外，左边是茂密葱绿的仞山石壁，偶见一线水瀑顺着石涧垂落，在阳光的照耀下似玉带轻舞，右边是杂草灌木的陡峭悬崖，见不到底，拐弯处还有泥石流冲袭的痕迹。

车在走,人在晃,云在飘。耳边传来鸟的叫声,好像在提醒闭着眼睛打盹儿的古晨,这里是川西的崇山峻岭,向西就是青藏高原,那是雪山与海子交相辉映的地方。

车子已经爬到了山顶,眼前是连绵起伏的山峦,苍林浓郁,其间是九曲十八弯的山路,几辆车子艰难地爬行着。古晨看了看表,临近中午,车子在山里转了三个多小时才走到山腰,还要四五个小时才能翻过这座山到卡丹县的地界。这座山名叫嘎理则山,从地势上看应该是左巴山的余脉,山不高却延绵百十公里,周围分布着好几个山口。

古晨合上地图,琢磨着接下来的行程,打算在卡丹县城休整两天,做好长途徒步的准备。他简单地估摸了一下,从卡丹县城到达瓦镇近百公里的路,正常情况下要走两三天的时间。这是在大山里头,沿着县乡道要爬好几座山。刚才他就看到路边走过一个年轻男子,背着一人高的户外背包,拄着登山手杖,贴着崖壁,艰难地走着。

这就是徒步者的执念吧!他们在用身体丈量着脚下的路,他们的每一段旅程是为了欣赏路上的风景,体验走在路上的心情,也是为了磨炼意志,这是对兴趣的热爱。

那古晨是为了什么呢?

他想过很多,但一直没有找到答案。其实他知道,答案有很多,跋涉山水、追忆年华、洗涤身心都是其中一项,只不过都不是自己真正要找的答案。

日头落到西山的时候,车子终于驶进了卡丹县城,停在了路边的长途车站。说是汽车站,其实就是一个用石头搭起来的半人高的院子,里面空荡荡的,只在铁门边搭了两三间蓝色的铁皮棚子,供司机和乘客休息。隔壁还有个露天的小卖部,卖些吃的喝的,几个穿着藏族服装的中年男子坐在石头上闲聊。

古晨下了车,新奇地瞅着四周。路的两边都是些石木混搭的低矮房子,瞧不出是藏族的还是彝族的，各种风格融合在一起。临街的几家开了铺子，卖五金的、卖百货的，还有一家小饭馆，门头的招牌上写着"迎客川菜馆"。

路上没什么人，倒也清静。他走到百货铺前买了瓶矿泉水，咕嘟咕嘟灌下去一大半，问了问去县政府招待所的路，然后拖着酸胀的腿，向镇里走去。

县政府坐落在一条小溪边上，是一幢凹字形的两层小楼，前面有个很大的水泥场子，停着几辆越野车。招待所则在县政府对面，隔着不宽的马路，路边的门面铺子生意冷清。说是招待所，就是一排平房围成一个不大的院子。

古晨在招待所休息了个把小时，拿着地图回到前台，想着问问去达瓦镇的路。前台是个年轻的小姑娘，五官清秀，笑起来带着两个小小的酒窝，露出洁白整齐的牙齿。她肤色有点儿黑红，显然是从小生活在高原的原因。

小姑娘很热情，知道古晨是从千里之外的南京专程来寻找出生地的，眼睛里闪动着新奇。当她从古晨嘴里听到他要去巴新村后，更是惊喜不已，连连点头。古晨没想到，小姑娘就是巴新村人。

这就是天意吧！

他觉得自己的这趟川西之行是早就被安排好的，是他人生中的一个重要节点。

古晨婉拒了小姑娘陪同的好意。他要独自前往，不论前面的路有多长、有多难，都不能放弃。再长，有父母当年的路长吗？再难，有父母当年的经历难吗？他清楚地知道，自己此行的目的就是为了寻找答案，在步入不惑之年的时候解开内心的困惑，为下半生的路找到方向。

古晨和小姑娘道了别。之前他和小姑娘聊了很长时间，知道了一些关于达瓦镇和巴新村的情况。但对当年知青的事，她什么都不知道，对新汉村更是直摇头，说是从未听人说过。

古晨有点失望，但转念一想，也不能怪小姑娘，她只有二十岁，且不说父母上山下乡的那段岁月已经过去了半个世纪，即便对小姑娘的父母来说，知青的故事可能也只是影视剧里的桥段。

至于新汉村，更不是她能说得清的。这个村寨原本就是那段时期特有的名称，现在是否存在都成了问题。在川西的大山里，看上去两个相邻的寨子，中间隔着的是一座山、一条江，地图上直线可达，现实中就得翻山越岭、跋山涉水，没有一两天根本就到不了。对小姑娘来说，山那边的村子就是另一个世界。

古晨有种预感，新汉村已经不存在了，就像那段岁月，消失在历史的长河中，留下来的只有父辈们的回忆。但他还是要去看看，哪怕成了荒地，也是他出生的地方——生命的初始，他希望自己能够在那里获得来自天地的感悟。

清晨时分，明媚的光线直直地照进大山里，在峰峦间缓慢地游走，时不时洒进深邃的谷底，扫过半山腰的大片森林。碧空中，朵朵白云仿佛一团团盛开的莲花，飘浮在山顶上，让人心旷神怡，随时生出飞入其间、自由翱翔的冲动。

出城没多久就进了山。上上下下的陡坡，让他走起来很不习惯，几里路下来，两条腿就胀得不行。他找了块大石头坐下来，脱掉鞋子，揉着脚，疲惫地扫视着四周。

眼前是一处山涧，被山石紧紧地夹着，抬头只能看到一线天空，间或飞过一团云絮；沿着山脚，一条不宽的小溪弯弯向前，潺潺流淌；两边是一片低矮的杂草丛，绿意盎然，草间冒出几簇红红黄黄的小花，生机勃勃。不远的山坡上是一层层梯田。正值春末时节，田里的水稻已经长了小半人高，徐风拂过，荡起一波波的叶浪，虽然没有粼粼如镜的影像，却透着另一番静谧。

按小姑娘的建议，他要走上二十几公里的山路，赶到卡丹县下面一个叫卡巴的镇子，第二天从卡巴镇起个早，傍晚就能到达瓦了。路上有通车的盘山路，也有村民走的山间小道，中间翻过一座不高的山，路途不算太艰险。他决定听小姑娘的话，她是当地人，曾给那些专门跑到深山里徒步探险和野外摄影的人做过向导，知道他们这帮人哪里危险就走哪里。偏峰僻岭有风景，这就是他们的追求。而他是来追寻父母曾经的足迹的,和崇尚历险的人不同,小姑娘说的路是山里人常常走的路,也是一些走山穿村、收野味山货的商贩子走的路。

正午时分,古晨走到了一个较平坦的谷底。明亮的太阳下,半山腰处,深浅不一的米黄色土掌房层层叠叠、错落有致,墙靠墙、顶接院,村后是葱葱茏茏的林子,一派朴实宁静的彝地风光。

他在树荫下歇下来,吃了些面包和火腿肠。他从来没有走过这么长的路,小腿肚子酸得厉害,脚板硬硬的,明显是缺乏锻炼的结果。

我要锻炼身体!锻炼身体!他一边给自己鼓劲,一边站起来伸伸胳膊、踢踢腿、直了直腰,深深地换了几口气,觉得清爽了不少。他估摸着再走上两三个小时,翻过尽头的那座山,傍晚时候应该能到卡巴镇了。

他瞅瞅山又望望树,看看天又追追云,优哉游哉。他脑子里也是东想想、西想想,一会儿跳到繁华时尚的大都市,一会儿停在层峦叠嶂的大山里,这边是高楼大厦,那边是原始森林,思绪飞扬,仿佛在时空中跳跃。

刚刚转过山腰的一道弯,眼前的景色瞬间勾住了古晨的目光,抓住了他的思绪,仿佛时空在此停了下来,终于等到了他的到来。

山的那一边,是一大片葱葱郁郁的青稞地,风起间,宛若青绿色的海浪,潮水般翻滚着。田埂旁,质朴简约的白色藏房坐落在缓坡草坝上,坡下是涓涓流淌的河水,河边几头黑色的牦牛正在悠闲地低头吃草。

真漂亮啊!

古晨的情绪随之被一股无法描述的力量给激发起来,疲惫的身子仿佛被注射了一针兴奋剂,瞬间充满了能量,变得无比轻快,渴望着直奔山的那头,融入其间。

他站在路边,身旁是几十米深的山崖,一条十来米宽的河流蜿蜒流淌,浅黄色的河水在弯道处激起朵朵浪花,朝前奔袭而去。动静之间,古晨的心绪慢慢归于平和,渐入空远。

这是一种从未有过的、一直努力却始终无法得到的身心体验。

此时身临其境，眼前的景物是真实的影像，不是虚无缥缈的；是真切的感受，不是刻意屈就的。古晨不知道自己此次能否遇到他想看到的场景，但他相信面对面的相遇应该能给自己带来最真实的触动，给他以启示，找到答案。有了答案，就不再迷惑，以释然的态度笑对人生，至五十知命、六十耳顺、七十古稀。

古晨的脚步在山路上前行，思绪在风景中飘荡。临近黄昏，他站在了山顶上。脚下是起伏跌宕的山脉，一层层地横叠在天地之间。一轮夕阳半隐在云层中，万道霞光投射在曲峰线谷上，染红了满山的密林，犹如一幅油画，浸出一种让人回归自然的原始宁静。

山下，一条溪流依着半坡延伸到山的尽头。暮色下，溪水闪着金色的波纹，细长的支流好像被砍倒在地上的一棵枝叶茂盛的大树，又仿佛显微镜下的毛细血管，溪边是绿茵茵的草地，牛羊在散步、低头饮水、甩尾驱虫。

溪流的那一边，是密密麻麻的一大片房子，大多是低矮的平房院子，还有几幢三四层的楼房靠在一条不宽的马路边。路上有车，也有人，看上去挺热闹。

这里就是卡巴镇。

走在卡巴镇的街上，两边的房子都是新盖的，没有多少当地的特色，不知道的还以为是平原地区的某个乡镇。正如招待所的小姑娘说的，现在的卡巴其实是个新镇子。因山区多有地震和泥石流等自然灾害，几年前当地政府将山里的老百姓迁到了这里，房子都是集中盖的，除了外观保留了一些特色，都是砖瓦水泥的墙和铝合金门窗。

古晨在镇子边找到了小姑娘介绍的客栈。老板是外地人，早年间独游到此，看中了这里的山水风光，留下来开了家客栈，给路过此地的背包客和艺术爱好者提供食宿。老板说，不为赚钱，只为寻得这方宁静和安逸。

我会留下来吗？古晨闪过一个疑问。

答案是否定的。虽然喜欢山里的天高云淡、山川溪流，但他终究是凡夫俗子，更适合短暂的经过和停留，洗涤一下被世俗污染的心灵，寻求些许被世故遮蔽的初心罢了。

走了一整天，他着实很累，简单地填饱肚子，洗洗便躺在了床上，很快就睡着了。一夜无梦。等他醒来的时候，阳光已经照进了房间。才早晨五点来钟，窗外已经很热闹了，应该是镇子上的早集开了。他想再睡一会儿，还有几十公里的山路要走，但外面的叫卖声让他没法再睡，只好躺在床上发呆，随意想着，最后停在了对新汉村的期待中。

现在的新汉村到底是个什么样子呢？这个曾记载着父母青春年华的小寨子究竟能给自己带来什么样的感悟呢？

抱着一份对答案的期待，古晨没在卡巴镇逗留，踏上了去达瓦镇的路。他走走停停，并不在意时间。他要的是看到的风景和其间自己的心绪，是为了找寻人生的答案。

这几天他也渐渐明白，自己想要的答案其实是在路上——路上的风轻云淡、路上的山峦溪流、路上的村落地头。身处其中，心是平和的，是宽广的。这些让他变得淡泊、从容。

山风拂过古晨的脸，他尽情地呼吸着山里清新的空气，这是城市里无法给予他的。他并不想逃离都市的繁华和喧嚣，城里有山里没有的东西，这也是为什么很多山里的年轻人走出去，在城里闯荡，不愿再回去的原因。同样，那些放弃城里的生活，走进大山寻求自我释放的人，也有他们自己的追求。

晌午后，古晨顶着烈日骄阳走到了达瓦镇。眼前的达瓦镇，显然已经不是父母当年所在的达瓦镇。

镇子上的马路很宽，双向四车道，上面跑着大大小小的货车，一片忙碌。路边多是两三层的楼房，新老交杂，临街被改成了铺子，做着各色生意，不是开着旅店就是饭馆，要不就是汽修店，门口竖着大大的牌子，写着"吃饭住店，修车上水"。正值中午，好多铺子门口都停着车子，有人在上水，有人在吃饭。

看上去闹哄哄的镇子，因为是父母待过的地方，对古晨来说自然有了一份亲切感。此时，他不仅是为自己，也是替父母重返这片土地，回望他们曾经待过的地方。

镇中心的大街上清静许多，两边的房子多少还保存着早年的影子，只是粉刷一新，有了统一的门头招牌，看起来更像是一个景点。路上走的人多半是来旅游的，行驶的车子牌照近的有成都、重庆的，远的有广东、福建的，甚至还有山东、河北的，更加证明了达瓦镇是进出川西的要道。

无论时光如何流逝、世事如何变迁，有些景有些事不会随之变化、消退和湮灭，只有人永远不可能留住时间。此时和彼时，人就不同了，这就是"物是人非"所要表达的含义。

古晨一边在心中感悟着人生，一边找落脚的地方。他准备先休息一下，然后去看看那座桥，还有父母提到的桥头的银杏树，据说是当年红军经过时栽下的。父母有一张在树下的合影。照片上，父亲英朗帅气，母亲清纯漂亮，两个人带着幸福的微笑，眼睛里含着热情和期望。

走过路口，左手边有一幢七八层的高楼，崭新崭新的，大理石的墙面、深蓝色的玻璃幕墙，在周围一圈三四层的房子中显得有些突兀，却也带着时代的气息。大楼的外墙上贴着四个红色的大字——达瓦宾馆。

不会吧？这是达瓦镇的政府招待所？

走进酒店的房间，柔软的床垫、白色的床单、桌上的液晶电视，让古晨一时忘了自己在哪里。走了一天半的山路，来到这个山里的镇子，原本做好了吃苦的准备，不想这里的一切和他想的完全不一样，感觉不是在川西的大山里，而是在沿海城市里。

短短四十年，在这偏僻的深山里发生的变化，是父母根本无法想象的！

古晨站在窗前，心里琢磨着。镇子不算大，左右都能望到头。不远处的大河上横着一座大桥，桥上车来车往，两岸起了好几幢大楼，看上去就是一座现代化的城镇。

　　他躺在床上，思绪起伏，潜意识里总有一丝道不明的感觉左右着自己，到底是什么，他又揣摩不透。他闭上眼睛，眼前一片漆黑，无数个模糊不清的影像在跳动，就是没有一幅清晰的画面停下来。

　　古晨睁开眼睛的时候，天已经擦黑了。他是真的累了，睡了一下午。他爬起来伸了个懒腰，走到窗前。窗外，镇子上已经亮起了灯，大桥的桥身上披着五彩的光带，不停地变换着颜色，河对面的大楼也被灯光勾勒出时新的轮廓，路灯发出橘红色的光线，行人不急不忙地走着，显得很休闲随意。

　　这里已是一片万家灯火了！

　　古晨感慨着走出了酒店，很快就拐到了通往大桥的路上。街上很热闹，车水马龙，临街的饭店一家挨着一家，灯火通明。吃饭的人都坐到了人行道上，男男女女、老老少少，喝着酒、聊着天，笑声闹声连成了一片，完全看不出这是地处大山深处的一个小小集镇，仿佛置身于繁华都市的街头大排档，唯有空气中飘着的浓浓的麻辣味和腊肉的熏香味，提醒着路人，这里是川西。

　　借着路灯的光线，古晨看到了那棵银杏树。和照片上的相比，眼前的银杏树又粗壮了，一人抱粗的树干微微倾斜，茂密的树冠仿若一把撑开的雨伞，枝叶伸到河堤上，随风轻舞。

　　他紧走几步，站在了树前。树下摆着几张矮桌，零散地坐着几个人，正在吃饭喝酒。树旁的路角开着一家饭店，门头上立着"银杏饭店"四个霓虹大字。

　　古晨找了个靠里的桌子坐下来。身边是桥头的石栏，头上是繁盛的银杏叶，耳边传来水声。此时此景，让他生出一番无言的感触——当年父母站在这里的时候，他们的内心究竟是什么样的感受呢？应该和自己完全不同吧？

　　心绪也是具有时代性的。

　　古晨的脑子里突然冒出一句富有哲理的话。他点了两个菜，要了瓶啤酒，惬意地吃着、想着，就像古时的文人墨客，游览于山川江河、醉饮在乡村酒肆，微醺时吟诗赋词、抒情唱曲，留下一首首流传千百年的佳句。

明天又会看到什么呢？又会有什么样的心绪呢？

明天将是古晨此行的最后一段路程，在离达瓦镇还有二十公里的一个山里的村寨，是他生命开始的地方。这段路看起来就像那些一生漂泊在外的游子，晚年怀着虔诚的执念，寻根问祖，完成血缘的坚守和家族传承的路。

对古晨来说，那里谈不上是他的根。现在他是完全独立的个体，有独立的思想和自我思考并付诸行动的能力。

清晨，太阳虽然晃眼，空气却很清新。走在山间的小路上，身旁的云杉直冲云霄，仿佛尖尖的长矛，整齐列队守护着大山。脚边的小溪涓水潺流，仿佛细细的血管，曲折蜿蜒，维系着村寨的生命。

拐过一道弯，眼前豁然开朗。

山谷溪间的台地上，出现了藏族的村寨。首先映入眼帘的，是一座白墙红窗、金顶耀眼的寺庙，阳光下透着悠远佛意。寺前的白塔上牵搭着一圈五彩经幡，随风起舞，飘扬出灵动生机。

白塔的四周是层层交叠的藏房，间或还有两幢碉楼，显得古朴凝重。寨子外是春意盎然的田间草地，牛羊成群，似闲庭漫步，仿佛任何喜怒哀乐都不会影响到它们的世界。

古晨停住了脚步。山路上，离他只有几米远的地方，几个人正在磕着等身长头。而在不远处的山谷下，是一大片茂密的树林。

他展眼望去，林子中露出了几处茅草屋的残垣断壁……

行 观

都说这个世界很大。我想了一下，好像也不大。我是这样算的：绕着赤道走一圈四万公里，按照一个小时五公里的行走速度，要八千个小时。八千个小时就是三百三十三天，一年的时间都不到。

只是我们说世界很大我要去看看，这句话的意思不是光走路、走直线，而是边走边看，看世界、看世间、看世事。

世界这么大，该怎么看呢？我一直在想这个问题。

我是一个普通人，上着班，养着家，说白了就是既没钱也没时间。记得有首歌唱的："我想去桂林呀，我想去桂林，可是有时间的时候我却没有钱；我想去桂林呀，我想去桂林，可是有了钱的时候我却没时间。"

这首歌火的那两年共鸣了不少人，也感伤了我。

我是一个很喜欢出去走走的人。年轻的时候，我有个梦想，就是做个自由职业者，时间自由、行动自由、心情自由。这些年，我也没完全闲着。每年暑假，我会带着妻儿来个长途自驾游，短则五千公里，长则万把公里。

在我看来，出去走走可以分成三个层次：一个是游玩，一个是行观，一个是停留。

游玩，就是到处走走，泛泛地看看。不是有这么一句话：旅游，就是从我待腻的地方，到你待腻的地方……这样的说法很实在，但多少有点自嘲。还有一句更接地气的话：上车睡觉，下车撒尿……这说的是过去很长一段时间里国人对旅游的真实写照。

行观，就是走在路上。从大海到高山，从城市到乡村，从田野到河流，从湿地到沙漠；从东到西，早上七点看日出，晚上十点看日落；从南往北，从冰天雪地到烟雨蒙蒙，从秋意深深到艳阳高照。喜欢就多待两天，看自然风光，看人间烟火，然后再离开。

停留，就是在一个地方生活一段时间。在当地租个房子，白天走街串巷，看车水马龙、人潮涌动；晚上漫步街头，看灯火阑珊、霓虹闪烁。不管是三个月，还是半年，就把那里当作故乡，当成是自己的家。

我喜欢行观。走进一座城，欣赏今天的风景，追忆昨天的故事。不说别的，就说说那一座座千年古城的前世今生，也是行观的享受，且听来：

北京古称幽州，唐陈子昂作《登幽州台歌》：前不见古人，后不见来者；南京亦称金陵，李白写《金陵酒肆留别》：金陵子弟来相送，欲行不行各尽觞；杭州是临安，宋陆游在《村舍杂书》曰：手种临安青，可饲蚕百箔。

苏州是姑苏，唐杜荀鹤作《送人游吴》：君到姑苏见，人家尽枕河；扬州称广陵，孟浩然有《广陵别薛八》：广陵相遇罢，彭蠡泛舟还；西安称长安，孟郊《登科后》说：春风得意马蹄疾，一日看尽长安花；开封作汴梁，元杜仁杰写《朝中措·以上二首见元草堂诗余卷上》：汴梁三月正繁华。行路见双娃。

更有今日的淇县是朝歌：朝歌夜弦五十里，八百诸侯朝灵山；临沂是琅邪：逸少擅风流，伊人琅邪国；枣庄是兰陵：莫泊兰陵郡，朝过绿野庄。

由此想来，这世界真的很大，距离有万里之遥，时间有千年之久，可以慢慢地走，慢慢地看。

乡土九月

乡土九月，写的是故乡，是岁月，也是回忆，合在一起就是乡愁。乡愁是一支歌，是一首诗，也是一本书，写在字里行间，就是盛夏的故乡。

曾经在外漂了十多年，那一丝一缕的乡愁，是我们这些游子以家乡的名义，记录下对岁月流逝的不舍和对生命蹉跎的叹息。

记得小时候，在自家楼下的院子里，我们一帮调皮鬼大声地喊着，滚着铁环，像是疆场上冲锋杀敌的金戈铁马；在墙边的水泥场子上，我们用鞭子拼命地抽着陀螺，鞭子打在陀螺上，发出"噼里啪啦"的声音，仿佛山谷间的瀑布溅起的水声；在那棵不知道哪年种下、现已枝繁叶茂、洒下一大片阴凉的老槐树下，我们和小伙伴在玩斗鸡的游戏（又称斗拐，游戏中需一腿独立，另一腿折叠盘屈胯前，双手或单手握脚，膝盖部位向前突出，以所盘之膝攻击对方），胜利在望。

我们还会逮麻雀和玩纸飞机。

除了玩，我们也有零食——辣条。我说的辣条可不是现在很火的辣条（大面筋），而是辣辣的萝卜干。

辣条有手指长，细细的，沾着红红的辣椒粉。放在嘴唇上舔一舔，香辣味瞬间袭来。咬上一口，嘎嘣脆，咸味、辣味在舌尖荡漾，然后沁入喉间，十分的过瘾。

放学后，在校门口的小店里买上两分钱的，五六根，我和弟弟两个人边走边吃，辣得不停地哑嘴，到了家端起白开水就是一大杯灌进肚子里。这个时候就听到妈妈在厨房里喊，又吃辣条啦！哪里来的钱？

买辣条的钱是捡废铜烂铁换的，还有平时攒着晒干的橘子皮、鸭肫皮、牙膏皮，这些都可以换钱，也可以换麦芽糖。

还有嗦螺蛳，是我这辈子的挚爱。当我在离家千里的城市里为生计奔波时，街头的一碗香辣螺蛳，嗦的是味道，解的却是乡愁。当我回到家乡，落叶归根，母亲的一碗烧螺蛳也是身心疲惫后最好的慰藉。

乡愁，除了孩提时的顽皮和好吃之外，也有坐在自行车后座上的我。那年，望着眼前骑着自行车、对我说"不要想太多，考不上也没关系！"的伟岸的背影，我知道这就是父爱如山，而我也用一纸录取通知书回报了他。

我常常想起小时候的事，其中有一个关于归隐世外的梦。梦来自东晋朝的陶渊明，他写了一篇《桃花源记》："缘溪行，忘路之远近……林尽水源，便得一山，山有小口……从口入……豁然开朗……土地平旷，屋舍俨然，有良田、美池、桑竹之属。阡陌交通，鸡犬相闻……停数日，辞去……太守即遣人随其往，寻向所志，遂迷，不复得路……"

年少时读到此文，心驰神往。终于在近半百的时候，在老家寻了一处小小的庭院。

盛夏，小巷深深，朱扉半掩遮庭壁。推门浅入，见花窗漏景，景中有太湖石，小瀑挂其间，水声湍湍。院角立亭，飞檐翘首，似鹤起天阙。转步进院，长廊曲回，廊中有靠。想那佳人依栏，雨中凝溪，夜幕望月，再闻燕语，婉约之风尽收。

环顾小院，石径通幽、水岸依山，屋前、墙角竹木葱郁，疏密间浓淡相宜，似国画走墨；亭边、廊下花枝五色，斑驳中艳雅交错，似丹青写意。置身于此，洗去一身疲倦，心境也逐渐平和。想来，这一方天地，春听风、夏观雨、秋赏月、冬抚雪，四季皆有景，美哉美哉！

我已中年，不求酒色，只愿风轻云淡有景、雨打芭蕉是情。独处在九月，写下这段文字，同时纪念一下曾经唱过的青春之歌。

那些年，我哼着《水手》中那句"年少的我，喜欢一个人在海边，卷起裤腿光着脚丫踩在沙滩上……"，然后把自己放在沧桑中虚度岁月。那时的我才二十岁，正是激情澎湃的年龄。

那些年，我吼着《星星点灯》中那句"不负责任的誓言，年少轻狂的我，在黑暗中迷失，才发现自己的脆弱……"，再把自己扔在蹉跎里期冀未来。那时的我已经三十岁，一无所成，每天沉沦烟酒，麻痹人生。

有人问过，有什么歌会触动心灵？又有什么歌会让人潸然泪下？答案就是这句"你那张略带着一点点颓废的脸孔，轻薄的嘴唇含着一千个谎言……"

那个时候我是个游子，只喜欢听属于浪子的歌，天天把自己想象成天使，却是一个堕落的天使，然后唱着"世界太啰唆，不分对和错。像我这样的老百姓，谁会在乎我……"的歌词，游戏人间。

我们是"70后"，这是一个为难的年龄，有着太多尴尬，但我们也有优势——在这个多元化的时代，我们有着"60后"的沉稳，也有着"80后"的任性；我们在变革中学会了忍耐，也善于在他人面前表现自我；我们懂得在生活中珍惜拥有，也会在开心或失落时把酒一醉，纵情在山水与歌舞之间。

两三本书

  我是学语言的，先是学了三年日语，后来是英语。毕业后，我在部队干了十多年，从事翻译、编译工作，后来转业到了地方，进了政府部门的办公室做文字工作。可以这么说，工作了三十年，我爬了差不多时间的格子，前面十几年读了点书，后面这些年几乎很少，唯两三本而已。

  学习日语的时候读了一些日本作家的原著，现在能想起来的有夏目漱石和川端康成。夏目漱石的代表作是《我是猫》，作者通过一只猫的视角，描写了明治维新时期日本知识分子和资本家迥然不同的生活面貌，深刻地揭示了日本在近代发展过程中暴露出来的人性现象和社会问题，被认为是讽刺小说和批判现实主义文学的经典作品。

  还有一个名家就是川端康成。他的代表作是《雪国》，讲述的是富家子弟和艺妓、纯情少女之间的情感故事，是唯美主义思想在其文学作品中最为集中的表现。读他的作品，会让人想起张爱玲以及她的作品《红玫瑰与白玫瑰》，尽管两者在创作风格、主题思想和写作手法上有差异，但并不妨碍他们成为"新感觉派"的文学大师。

  1968年，川端康成获诺贝尔文学奖。提到日本作家和诺贝尔文学奖，还有一个人不得不说，他就是村上春树，一个离诺贝尔文学奖就像楚汉鸿沟般的作家，让人期待了很多年，失望了很多年，也遗憾了很多年。或许等他离开了，我们就能看到他的名字了吧！

  学习英语时，读的原版名著就多了些，有英国女作家勃朗特姐妹的《简·爱》和《呼啸山庄》、美国作家玛格丽特·米切尔的《飘》，还有欧内斯特·米勒尔·海明威的《老人与海》。

  现在想起来，这些名著有没有从头到尾读完根本记不得了，但另有一件事记忆犹新，那就是读莎士比亚的诗，其阅读和理解对我来说就是一场煎熬。

执 笔

我实在对不住这位伟大的文学家。

好在这么多年过去了,我一直记得他的一句名言:"凡是过往,皆为序章",也有译为"一切过往,皆是序曲",都是一个意思。

这两年我开始了文学创作,也开始重新读书了,之前我最喜欢读的书有两本,一个是《红楼梦》,另一个是路遥的《平凡的世界》。

我喜读红楼,曾十余年置于床头,每天临睡前翻上几页。《红楼梦》一百二十回,《石头记》八十回,孰优孰劣,数百年来多有大师考证论述,我更倾向于后者。所谓"残缺之美",《石头记》以"贾宝玉诗祭晴雯"戛然而止,留给文家学者无限的遐想,这就是文学的魅力。至于《石头记》究竟是谁写的,是不是曹雪芹,自有专家探佚。我想说的是,作者在文学创作中采用的手法,包括山断云连、层峦叠翠、草蛇灰线、横云断岭,光看名称就知道非文豪级别的大师不能参悟矣!而我也在自己的文学创作中做了尝试,效果自然由读者去评价了。

每过一两年,我会重温路遥的《平凡的世界》。对这部小说,文学界有些争论,从小说的内容本身到作者的创作能力,换个角度看,这也恰恰说明了这部作品已被大家所认知,被大家读了,读后还有了评价,不论是专业书评还是读后感,想来这应该就是作者愿意看到的吧!

作者已逝,但他留给了我们一本书,我读了很多遍,从书中汲取了作者表达出来的关于"平凡与励志"的主题思想,这是作者自己的精神支撑,同样也激励我在文学创作上的坚持。谢谢路遥!

今年还有一本书要再读一遍,而且要认真地去读,虽然一想起读这本书,我就感觉回到当年读莎翁的诗,但我还是决定闯一闯,看看自己能不能穿越百年的时空,将阅读时内心的孤独升华为真实的修为。

这本书就是哥伦比亚作家加西亚·马尔克斯的《百年孤独》。

《百年孤独》讲述了布恩迪亚家族的故事,通过他们几代人的生活,描写了加勒比海沿岸小镇马孔多的百年兴衰,并以小见大,真实地记录了拉丁美洲一个世纪风云变幻的历史。该作品将神话传说、民间故事、宗教典故和历史发展等虚幻和现实巧妙融合，被评为是"魔幻现实主义"的巅峰之作。

　　读《百年孤独》是需要勇气的，是要坚持的，希望自己能够做到。

听　雨

　　自古以来，在楚辞汉赋、唐诗宋词中，写雨的辞赋举不胜举，情景与意境各有不同。

　　元代诗人虞集在《听雨》中写："京国多年情尽改，忽听春雨忆江南。"

　　身在京城，听到雨声，他想起了江南的故乡。

　　南宋诗人杨万里写《昭君怨·咏荷上雨》："急雨打篷声，梦初惊。却是池荷跳雨，散了真珠还聚。"

　　午间，他观雨听声，见景抒情，心情愉悦。

　　而同为南宋"中兴诗人"的陆游在《十一月四日风雨大作二首·其二》中写："夜阑卧听风吹雨，铁马冰河入梦来。"

　　听到雨声，他却忧心风雨飘零中的家国。

　　再说南唐的李煜，在《浪淘沙令·帘外雨潺潺》中写道："帘外雨潺潺，春意阑珊，罗衾不耐五更寒。梦里不知身是客，一晌贪欢。独自莫任栏，无限江山。别时容易见时难。流水落花春去也，天上人间。"

　　这雨没有下在金陵，他在听雨时，想起了故土。一代帝王，家国皆失，这雨下得实在是凄冷。

　　其实，这观雨听雨，不论是见景抒情，还是借景叹息，诗人词家们想说的，归根结底，无非就是家国情怀、人生感悟。

　　而将这份情怀和感悟写到极致的，是南宋末期的蒋捷，他写了一首听雨的词——《虞美人·听雨》——此词一出，空前绝后，论听雨，再无一首诗词可与之比肩。且听：

　　"少年听雨歌楼上，红烛昏罗帐。壮年听雨客舟中。江阔云低、断雁叫西风。而今听雨僧庐下。鬓已星星也。悲欢离合总无情。一任阶前、点滴到天明。"

这首词读起来是在写雨，实际上是在写人，在写岁月和人生。而岁月和人生是永恒不变的主题，与爱情一样，是文字里最长篇的故事。

到了近现代，喜欢听雨的人，有季羡林。他写了一篇散文《听雨》，也提到了蒋捷。

另外还有一位大师，就是朱光潜。

朱光潜是我国著名的美学家，学贯中西，又通透博雅。他的美学著作以《看花听雨吹风》为书名，足见其心性雅趣。而关于他听雨的故事——落叶听雨——则是他将自己置于美学感悟的真实写照。

同一时期，还有一个关于听雨的故事，发生在中国的西南联大。

这一日，西南联大的教室里，同学们正在上课，外面下起了雨。雨水落下，打在屋顶和窗户上，滴滴答答的，既像记录时间的钟声，又像催人奋进的鼓声。

就在大家似乎被雨声所困扰，无心听课时，陈岱孙教授在黑板上写了"静坐听雨"四个字，示意同学们放下浮躁，静下心来。一时间，大家都安静了，闭目而听。雨声瞬间仿佛变成了一件乐器，奏出了一曲"风声雨声读书声，家事国事天下事"的交响乐，陶醉了同学们，也让大家心有感悟。

再说到西南联大，全名是国立西南联合大学，是抗日战争期间内迁昆明的一所综合性大学，由北京大学、清华大学和南开大学等联合办学，前后历时近九年时间，保存了当时国内重要的科研教育力量，并培养了一大批卓有成就、影响中国乃至世界的优秀人才，以其"刚毅坚卓"的校训，诠释了明顾宪成重建东林书院时提出的"师为国而授、生为国而学"的思想。

写到这里，我在想，如果听雨能够听到这个境界，就不仅仅是一个"雅"字可以概括了的吧！

后记

人生境界

　　昨天，是一行已写在书中的文字，不管是喜悦，还是悲伤；是快乐，还是痛苦，都成了一尺素笺、一纸简札的笔墨留痕。时光流逝，昨日已昨日，如一江春水向东流去，水泊处，是我们的人生篇章。

　　今天，是一首正吟自喉间的隽诗，不管是高潮，还是低谷；是激情，还是感慨，都成了一段轻颂、一丝雅音的曲水流觞。岁月荏苒，今日复今日，像一尾流星划过夜空，闪烁间，是我们的人生赞歌。

　　明天，是一幅将展于眼前的国画，不管是工笔，还是浓墨；是写意，还是重彩，都成了一轴宣纸、一幅绢色的水墨丹青。日月如梭，明日又明日，似一轮朝阳跃出海天，霞光里，是我们的人生画卷。

　　尘世间走过数十载，我驻足于一叶扁舟，随江水东流，远眺两岸风光，仰望夜空繁星，心有千头万绪。

　　不谈童年的稚嫩，不说少年的懵懂，从曾经的青春激情，到如今的不辩不争，不说自己的人生有多么的坎坷，也是起起落落；不说自己的经历有多么的曲折，也是转转回回，到头来只剩下一脸的皱纹、半头的白发。

　　渐渐地，我学会了放下浮躁和冲动，拾起了坦然和自若。有道是："万家灯火是喜怒哀乐，人间百态是悲欢离合。"我们来到这个人世间，没有笑过、哭过，人生是不完整的；没有遇过、别过，人生是不完美的。所以，我们来了，就是为了看过、为了路过。

　　光阴流逝，半百之时正是人一生最深沉的年纪，学会了反思，看懂了人生；学会了释然，看懂了岁月。余生已可见，但梦想依旧在。座右有铭，笔下行字；脚下有路，眼前有景。不求大富大贵，只希望能够面带微笑，自信人生二百年；不求大名大利，只希望能够秉持本心，坦然面对，会当水击三千里。

虽如此，有人笑我太清高，我对自己说，不必计较，因为即便是疯癫，也是疯者不癫；有人讥我太孤傲，我对自己说，不必计较，因为即便是魔痴，也是痴者不魔。

谓之人生境界。

白云强

2023 年 12 月 1 日